徽州記憶·1938

——汪荫祯日记

HUIZHOU JIYI 1938
WANGYINZHENG RIJI

汪荫祯◎著　邵宝振◎整理校注

安徽师范大学出版社
·芜湖·

图书在版编目(CIP)数据

徽州记忆·1938——汪荫祯日记 / 汪荫祯著；邵宝振整理校注.—芜湖：安徽师范大学出版社，2017.6（2025.1 重印）
ISBN 978-7-5676-2816-8

Ⅰ.①徽… Ⅱ.①汪… ②邵… Ⅲ.①日记－作品集－中国－民国 Ⅳ.①I266.5
中国版本图书馆CIP数据核字(2017)第055984号

徽州记忆·1938——汪荫祯日记

汪荫祯著　邵宝振整理校注

责任编辑：李克非
装帧设计：任　彤
封面题字：张育明
出版发行：安徽师范大学出版社
芜湖市九华南路189号安徽师范大学花津校区
网　　址：http://www.ahnupress.com/
发 行 部：0553-3883578　5910327　5910310(传真)
印　　刷：阳谷毕升印务有限公司
版　　次：2017年6月第1版
印　　次：2025年1月第3次印刷
规　　格：700 mm × 1000 mm　1/16
印　　张：12
字　　数：200千字
书　　号：ISBN 978-7-5676-2816-8
定　　价：50.00元

序　一

鲍义来

学界以为,徽学之所以引人注目抑或能成为一门新兴学科,在于它不仅具有为世人瞩目、浩如烟海的文献古籍和遍布徽州山山水水让人叹为观止的大量古建遗构,同时还有已被收藏或仍散落人间的近百万件深具“徽州记忆”特色的徽州文书。

然而,徽州文书中,以土地、商业等经济往来文书较多,并较早受到学界重视,中国社科院、安徽大学徽学中心和黄山学院,已先后整理、出版了自宋到新中国成立前近百册之多;相比之下,同属“徽州记忆”的徽人书信和日记的整理、出版,尚有差距。

就徽人日记来说,王振忠先生已整理出版了一册《水岚村纪事》,因开掘深且通俗易懂,一时洛阳纸贵。如今我们又欣喜地读到了邵宝振先生整理的1938年一位徽商后裔的回乡日记,作者是一名大学生,记录了因日寇入侵、学校迁徙而滞留老家徽州时的所见所感,虽然比起丰富的徽州历史只是沧海一粟,然而毕竟打下了深深的徽州印记。

从图书的受众看,无论学界还是社会上的一般读者,对这类图书都比较看好,其理由便是它的真实性和个体意义。因为自古以来,多少贤圣之说,即使一些经典结论,也常有见仁见智的不同看法;更不要说受意识形态的影响,一些时候的文字几成游戏。正如有人说的,历史就像一个小女孩,你爱怎样打扮就怎样打扮。于是乎,无论是作为历史研究还是大众阅读,民间日记和书信乃至其他文书,因为其本真才更有价值,才更受欢迎。

为此,希望就“徽州日记”能有更多的整理出版,能成一系列,这将是一大善举。就我见到的这类“纸头”即有歙县西溪书香门第汪吉修、汪采白父子日记,有清末翰林许承尧日记,有后来成为国务院副总理柯庆施“五四”运动前后的日记,更早的还有明末遗民新安派画家郑旼《拜经斋日记》，清末学者程可山以及“绩溪三奇人”之一的程秉钊日记，等等。相信只要抱抢救之心，积极收集，一定还会有更多的“徽州日记”面世。

当然出版前人日记，还要通过整理，才能适合今人的阅读习惯。本书中，邵宝振先生对日记主人及其相关人物进行了必要的考证，并就一些历史背景包括日记中所提到的一些徽州乡俗有详尽介绍，从而丰富了内容，扩大了知识面，也为阅读提供了方便。

徽学研究需要大量的原始资料支撑，虽然前人已做了很多奠基工作，但还不够，还需要继续挖掘，系统整理出版历史上的徽人日记即是其一，令人欣喜的是，安师大出版社正在致力于此，我们期待着“徽州日记”和更多好书的面世。

二〇一七年三月二十九日

序　二

胡武林

《汪荫祯日记》主人汪荫祯，扬州人，祖籍歙县。因抗日战争迁校途中，辗转来到歙县避难，居住于许村、呈坎、潜口亲戚家中。日记跨度一年，时间为民国27年(1938)，所记为汪荫祯避居歙县期间之所为、所见、所闻。

日记主人当时处于丧妻不久、幼子待亲，有学不能上，有家不能回的逃亡状态。日记所记内容很繁杂，也可以说很丰富。由于日记主人的心态，决定了其所记之侧重。比如对居住地的民风民俗，仅记了发生的时间，而他自己既不愿参与，也未对事件过程予以记载。他更关注时局变化，一直在等待离开歙县，返校继续学业的时机，因此对抗日战争和欧洲战事形势有大篇幅的报刊摘要，留下了大量信息，弥足珍贵。比如日本侵略者虽未踏入徽州，但其轰炸机却是经常飞入徽州境内狂轰滥炸，造成众多平民伤亡和财产损失。《歙县志》记载民国27年(1938)日本轰炸机轰炸歙县仅有两次："7月，日机空袭县城，投下燃烧弹引起大火，从税务上顶延烧至阳和门附近。11月，日机在县城十横街(今小北街)上空投弹，损失惨重。"而汪荫祯日记记载有18次以上，其中可能有属民航班机，但从日记的文字，基本可以认定10次以上属日本轰炸机。又比如6月29日日记"今日得阅二十六日之《徽州日报》载：政府定七月七日卢沟桥事件，为抗战建国纪念日，命令各地举行纪念仪式于是日。"由此可见，在七七卢沟桥事变一周年之际，国民政府有设立"七七抗战建国纪念日"设想而没有实现，而是到民国28年才在广东省肇庆市树立了"七七抗战建国纪念碑"。

从日记中可以认识汪荫祯是一位正直向上、有思想之青年。如他对看到的强征兵役情形，不像农民那样惊慌和恐惧，而是比较冷静理智地看待战争时期这种通常做法，并认为只是政府宣传不够，造成效果不佳。他的六月二十六日日记是这样记的："壮士入伍，近日此间为此事而惊慌万分，有孔可入者，皆设法图之。外面逃回之壮丁，又将不知逃往何处也？阅告白，下月五日在此抽签，准备应征入营。人民为征兵服役，皆以为即日开到前线送死。其实此时服役，不过将来之准备耳，何须一无经验之人作战也，不但不能见效，且而有害也。我想皆是宣传之不力也，以至皆想逃避，可叹国家法虽善，而未得按计划实现也！”

邵宝振先生是有心人，沉淫徽学十余年。现任职歙县档案局副局长，未久可能会与我同事。他拥有一门绝技——拓碑，据说已拓各种碑刻160余方，他所拓之碑许多已不知今在何处，而其拓片却是唯一之珍贵资料。邵宝振先生厚积薄发，最近有散文集《品读徽州》、点注本《沙溪集略》和《徽州记忆·1938——汪荫祯日记》三本著作同时在安徽师范大学出版社排印出版。可喜，可贺，可敬！

二〇一七年三月二十四日

前　　言

一、日记的发现与考证

2013年10月的一个周末，我习惯性地去歙城各处古玩店走走、看看，当来到县城许国石坊附近的打箍井街凌先生的店铺时，我随口问道："最近，有纸头吗？""纸头"，是古玩界的行话，指徽州文书之类的纸制品。凌先生回答："有一本日记，是民国时期的。"我说："拿出来看看。"凌先生从柜子里拿出用旧报纸包着的一包东西，里面有几张习字，此外就是这本日记，我大致翻看了一下，日记较厚，除了一月份缺失了几页，从一月到十二月，基本完整，里面记载了一些抗战时期的内容，我觉得有一定的史料价值，遂依价买下。

通过对日记的认真研读，基本上理清了事情的脉络。本日记的记载时间为民国二十七年，即1938年，主人汪荫祯是一位大学生，时年26岁，尚未毕业，从其阅读的书籍及他于1937年在扬州建设局实习等信息来看，他应该学的是建筑学。由于抗战爆发，学校后撤至庐山。1937年10月21日，汪荫祯离开扬州，乘船前往九江。后学校又由庐山迁往重庆。汪荫祯家中汇款因战事缘故，邮汇不通，无法随学校继续西行。12月1日，汪荫祯由庐山下山，3日在九江。而扬州方面战事已急，因而也无法返回扬州，再加上父母反对他继续西行，他只好按照父母的意愿，依照原先的计划辗转回到了徽州故里。而扬州也于1937年12月14日，被日军占领，徽州除了日机轰炸外，尚且比较安全，汪荫祯选择在徽州躲避战乱。本日记的记载时间为1938年1月至12月，从日记中的记载内容来看，其活动的主要地点为歙县的呈坎和许村，呈坎为其伯父汪伯循家，许村为其舅母家。汪荫祯的父亲汪仲英，系在扬州、东台、天长一带做盐业生意，其祖居地为歙县呈坎。

回到徽州避难的徽商后裔汪荫祯，忍受丧妻之痛，离开父母与年幼的爱儿念慈，百无聊赖，整天在忧惧与苦闷中度过，只得以读书看报、记日记、练毛笔字、打麻将等来打发时光，在战火纷飞、亲人离散，生死未卜的境况下，真实记录了时局的变化及战乱之中抛家离子的一个普通百姓的喜怒哀乐。

为了进一步了解日记中涉及的人物及相关背景材料，2014年8月1日上午，在徽州区档案局许振东局长、方有良副局长的陪同下，前往呈坎作实地考察，由于熟知当地历史、民俗风情的罗会定老师的手机放在家中充电，我们没能及时联系上他，在呈坎老街上找了一圈，村人告知了罗会定老师有人在找，他回到家中即用手机与方有良先生取得了联系，我们一行遂前往罗老师家中。我将来意及情况作了简要说明，罗老师说：据他平时掌握的情况，呈坎汪姓不多，年少时，见过来自扬州的阿婆，说着本地人听不懂的扬州话。呈坎钟英楼的宅子为罗家，汪伯循系租住在此（日记中说房东之子系罗时均），应为亲戚，汪伯循也曾在扬州一带做过生意。罗老师带我们实地看了钟英楼，并指着天灯巷的一扇斑驳的黑漆木门说，这就是当年汪伯循租住的房子。由于时间关系，我们11点左右离开了呈坎。热心的罗会定老师第二天早上7点半左右就打电话给我，告诉我说：昨晚他找到了汪伯循的孙子汪小科（今年56岁），据汪小科说，他父亲系过继给汪伯循亲顶门户的，而关于父亲汪跃坤及堂兄汪荫祯以及爷爷汪伯循的情况则不清楚了，只是说汪伯循的墓葬在呈坎，每年清明要去祭拜。

8月2日，在歙县中学许骥老师的陪同下，我前往许村作实地访谈，路上，我将日记的相关情况作了介绍，并报出许光鉴、许本良、许本英等名字。许骥老师近几年在做《许村志》的编纂工作，于许村的人文历史着力较多。他说：许光鉴是一名小学老师，与许本良、许本英等皆是休宁万安徽州中学的同学。许光鉴于2000年过世，时年83岁。许光鉴住的自然村名青山头，许村人习惯上称之为“下许村”。通过许光鉴的外甥女（其在许村街上摆摊，卖菜、卖水果）联系到许光鉴的二儿许小化（今年66岁），我们到了许村的青山头村。据许小化介绍，其父亲许光鉴，母亲祁桂娟（上丰祁家巷人），生育有三子一女，老大许小东（已过世）、老三许小林（今年61

岁)，女儿许小明。爷爷许相余，奶奶的名字不知道。对于父亲许光鉴的表兄汪荫祯的情况了解甚少，也未听父亲提起过。只是父亲在世时时常念叨，要到扬州去，他们家扬州有许多亲戚。但许光鉴的这一愿望未能实现就离世了。

由于当事人及知情人都已过世，呈坎和许村两地访谈的结果，并不能使我满意。于是，我在歙县档案馆的资料中努力寻找一些历史痕迹。功夫不负有心人，在1950年歙县“许村区高阳村整理地籍登记清册”中查到了一些信息，上面登记户主是许光鉴，家中人口6人，其中3男3女，有自耕田4.6亩，佃耕2.4亩，出租1.6亩。在备注中有“许光鉴现任小学教员”的信息。同时在1965年“许村公社高阳大队青山头生产队阶级成分登记表”中也有许光鉴的妻子祁桂娟及儿子的相关信息，上面登记有祁桂娟46岁，许小东18岁，许小化16岁，许小林11岁。我还在歙县教育局档案室中查阅了许光鉴的个人档案：许光鉴出生于1917年3月12日，曾用名许根之。妻子祁桂娟出生于1917年11月。父亲在新中国成立前就去世了，母亲土改后也过世了。许光鉴1934年9月至1935年1月在许村仪耘小学就读；1935年2月至1936年7月，在江苏上冈上学；1937年9月至1941年7月，在休宁万安徽州中学就读，其中1939年10月至1940年7月，病休在家。此后，主要在歙县从事小学教育教学工作。对于日记中一再提到的这位表弟，算是能够勾勒出一个大概的轮廓，这些查证的信息与日记中所记载内容是吻合的。只是遗憾，对于汪荫祯本人的相关情况却没能查到一丝的痕迹，笔者推测，局势好转后，汪荫祯应是返回了扬州。只是不知什么原因，把这本日记留在了徽州。

二、日记内容的解读

由于是日记，虽然记得比较琐碎、零散，但由于汪荫祯是个知识青年，喜欢读书看报，特别关心时局的变化，我们还是可以从中梳理出一些有价值的史料。

1. 徽州民众的生活及民俗

汪荫祯虽然祖居地是徽州，但由于父亲经商于扬州、东台等地，其出生地及居住地是在扬州一带，徽州对他来说，是熟悉而陌生的。从日记中看，他的活动范围主要在呈坎、许村、潜口、上丰等地，其在呈坎伯父及许村舅母家两地轮流居住。他在日记中记录了徽州的许多风俗，如在10月8日的日记中有这样的记述："今日为旧历中秋佳节，忆去岁在扬地，因警报频传，有命不许赏月。而今人事皆非，我在此间，伊等皆逃亡东地。思之，能无感念耶？晚间，乡人作香龙戏，向各店中讨香，无有不给者，锣鼓喧天，大有升平之象。"从这一段记述中，既记录了沦陷地人民的逃亡生活，又记录了徽州的民俗。虽然在战乱之中，香龙戏的规模及热闹程度已今非昔比，但在民间其风俗却一直延续着。此外，还有潜口的观音会、各种节庆活动以及徽州婚嫁、乌饭节、作阴寿、祭祖等习俗。为我们了解和研究徽州风俗提供了一定的材料。

2. 徽商盐商的经营

从明万历四十五年(1617)到清道光十年(1830)，徽商在扬州一带基本垄断了两淮盐业运输和买卖，取得了丰厚的利润。如民国《歙县志》卷一《舆地志·风土》中有这样的记载："邑中商业以盐典茶木为最著。在昔盐业尤兴盛焉。两淮八总商，邑人恒占其四。各姓代兴，如江村之江，丰溪澄塘之吴，潭渡之黄，岑山之程，稠墅潜口之汪，傅溪之徐，郑村之郑，唐模之许，雄村之曹，上丰之宋，棠樾之鲍，蓝田之叶皆是也。彼时盐业集中淮扬，全国金融几可操纵。"乾隆时，徽人汪应庚、汪廷璋、江春、鲍志道等都是煊赫一时的两淮总商。其中江春为两淮总商前后达40余年。一般认为，道光十年(1830)改行票法，徽州盐商走向衰落，大都转向他业，而本日记中记载，直到1937年全面抗战爆发前，汪荫祯的父亲汪仲英还在扬州、东台等地经营盐业。由于缺乏详细的资料，无法对其经营规模、状况有进一步的了解，但至少说明徽州盐商中的一部分人还在苦苦支撑着传统的盐业生意。在10月24日日记中记录的彬荪9月16日至荫祯的信中说："东台收复多日，秩序已如常，不过民困已深，市面恢复不易，盐务尤其更难营业，不久且须解散，公私交困，未来尚不悉如何？”

徽商历代讲诚信，重商德，如父亲汪仲英在12月8日给儿子汪荫祯的信中说：“代人做的事如沈如畅，皆想代人完璧归赵，得人好感。做人之道，应该如此。望你们要仿而行之！”

3. 抗日形势的演变与发展

汪荫祯避难徽州，为了能够早日返回扬州、完成学业，所以特别关注时局的演变，在日记中有许多读报摘要，为我们了解抗日形势的演变与发展提供了原始材料。为便于了解，我们对当时的国内形势作一个简单的梳理和介绍：

1937年7月7日夜，日本中国驻屯军借口一个士兵失踪，要求进入北平西南的宛平县城搜查。中国守军拒绝了这一无理要求，日寇遂开枪开炮，猛轰卢沟桥，向城内的中国守军进攻。驻守在卢沟桥附近的29军吉星文团金振中营，奋起抵抗。卢沟桥事变，标志着日本全面侵华战争的开始，7月27日，日军向整个平津地区发动进攻，并以3个师团兵力增援华北，另各派1个师团前往青岛、上海。28日，日军攻占南苑，双方交火激烈，29军副军长佟麟阁、132师师长赵登禹阵亡，而29军全军部队在北平、天津一线与日军全面交火。28日晚，宋哲元等根据蒋介石的命令撤往保定。29日，北平失陷。30日，天津在日军进攻下弃守。[①]

日本帝国主义在进攻华北的同时策划进攻上海。8月9日，驻上海日本海军陆战队中尉大山勇夫率士兵斋藤要藏，乘汽车冲入虹桥中国军用机场，开枪打死一名中国士兵，中国军队忍无可忍，将日军官兵击毙。事件发生后，上海市长俞鸿钧与日方交涉，要求以外交方式解决。日本政府在谈判的同时，加紧制订作战方案，向上海派遣军队，将30艘军舰集中到吴淞一带。13日，日军对上海发动进攻，中国军队奋起反击，淞沪抗战开始。11月5日，日军一部从杭州湾登陆，迂回守军侧后，企图合围上海，守军被迫撤退。11月12日，上海市区陷落。淞沪会战从1937年8月13日开始，至11月12日结束，历时3个月。日军投入10个师28万人的兵力，动用军舰30余艘、飞机500余架、坦克300余辆；中国投入71个师75万的兵力，动用舰艇40艘、飞机250架。中国官兵同仇敌忾，斗志昂扬，以劣势装备与敌人拼搏，毙伤日军5万人，粉碎了日本帝国主义速战速决的美梦。淞沪会战，得到了上海和全国人民以及海外华侨的大力支持，全国各地纷纷开展抗日救亡运动。②

11月19日，日寇占领常熟，12月10日前后，日寇占领芜湖和浦口，截断了南京守军的退路。12月13日，日寇侵占南京，由于守将唐生智弃城逃跑，南京城于4天后陷落。12月24日，杭州陷落。为摧残中国民众的抗日士气，日军在南京发动了持续数月的残暴的大屠杀，杀害中国军人1.4万余名，平民30余万。

南京失守后，国军在正面战场节节抵抗，先后于1938年1月至5月，发动了徐州会战；1938年6月至10月，发动了武汉会战。10月21日，日军在大亚湾登陆，并占领广州，第七战区司令余汉谋部退至粤北地区。10月25日，武汉三镇相继陷落，中国国民党政府的军政机关迁往重庆。武汉会战后，抗日战争进入了战略相持阶段。

淞沪抗战后，第三战区的部队撤向浙西和皖南，由于徽州地势险峻，易守难攻；周围又有重兵把守，且徽州非其重要的军事目标，因此，日寇绕过徽州向西进攻。在抗日战争时期，徽州除了受敌机轰炸造成人员伤亡及财产损失外，未受到日寇的直接侵害，成为许多沦陷区难民的暂避之所。

4. 国际形势的演变

本日记对国际形势也着墨较多。"七七事变"特别是"八·一三"事变后，日本对中国的大举进攻，严重损害了美英帝国主义的在华利益，但是他们继续高唱"中立"和"不干涉"，对中国抗战采取两面政策。一方面，他们希望中国打一下，拖住日本，借以削弱其争霸对手，维护他们在中国的利益和在东南亚及太平洋地区的殖民统治，因此，对中国抗战表示某种同情。另一方面，他们又要同日本做生意赚钱，不愿公开得罪日本，并且害怕中国革命会在抗战中发展起来，想借日本之手削弱中国的革命力量，因此，又极力与日本寻求妥协，阴谋用牺牲中国的办法缓和同日本的矛盾，并把日本帝国主义这股祸水引向苏联。英美两面政策的目的，是要利用日本的侵华战争以寻求他们自己的最大利益。卢沟桥事变后，7月11日，英国外交大臣艾登在下院报告说:“日本及其他各国政府……有在华北数处驻屯军队之权力”。实际上支持了日本对中国的侵略。7月12日,美国国务卿赫尔分别照会中日驻美大使,袒护日本侵略者。他一面佯装不清楚中日冲突的原因,一面要被侵略的中国和侵略者日本一样承担对“和平与世界进步之重大打击”的责任。8月25日,日本宣布封锁中国海岸时,英国接受了日本的要求,美国也在实质上承认了日本对中国海岸的封锁。美英还鼓吹“和平解决”中日战争,压制中国抗战,促使蒋介石对日本妥协。卢沟桥事变后,美国国务卿声明:“美国始终不渝,赞成和平解决”;英国政府也表示:“将利用各种机会,竭其能力,以作趋向和平解决之贡献”。8月10日,美国向日本提出了居间斡旋的建议。

在战争初期,美英大量地向日本输出战争物资,实际上是对日本侵略活动的一种支持。1937年,在日本全部进口的军事原料和物资中,美国的钢占92%,汽车及零件占91%,石油及石油产品占60%,生铁占41%,废钢铁占59%,机器及机床占48%。1938年日本在侵华战争中消耗的军用物资有92%是从美国进口的。美英帝国主义对日本侵华采取了所谓“不干涉”政策,纵容和支持日本侵略,其结果是搬起石头砸自己的脚。1941年12月7日,日本偷袭美国珍珠港后,翌日,美国向日本宣战,并呼吁世界各国对日本实施贸易制裁。12月9日,中国国民党政府正式向德、意、日法西斯宣战。不久之后,除了与日本保持中立的苏联以外,英国等同盟国也对日本宣战。③

在欧洲,1939年9月,纳粹德国军队向波兰不宣而战,引发法国、英国向纳粹德国宣战,标志着绥靖政策的破产,第二次世界大战在欧洲正式爆发。欧美列强放弃了将欧亚两洲的法西斯国家力量引向苏联的企图,一反早先要求中日和谈的态度,支持中国国民政府进行抗战。在12月20日的日记中有这样的记载:“我国外交上一大胜利,英美贷款已成功,美贷款作购买汽车、汽油及粮食之用,我以桐油作保证,运美销售,再购美货。中美信用借款原则上亦以成立协定,一部建造铁路,一部购买英铁路材料;英美贷款告成后,政府债券均高涨,外汇大见转松,汇划、贴水二率猛跌。外人方面承认为对倭一种威胁,美报主修正《中立法》以应付倭国。”这反映了英美态度的逐渐转变。

三、日记的价值

1. 反映了普通民众在战乱中的生活

战争给普通民众带来了深重的灾难，日本侵华战争，所到之处，烧杀抢掠，在本日记中多有涉及，如在3月28日中记录有："接父大人信云，王正文之妇被奸，日人可恶，使伊将来何以为人也？"在7月1日中载："得汇川兄函告，社友王叔函由故乡乡间入城时，为敌寇所杀。"在10月22日的日记中，记载了舅父于9月22日给汪荫祯及鉴弟的信，信中均提到日寇在扬州一带的暴行："今春下河一带被敌所困，此系意想不到之苦况。推为盐冈两处，大加惨剧，除流离失所，伧亡在外，而居民房屋，被毁者十分之七八？断壁残垣，一遍焦土，惨难目睹。即如洋岸，经敌所过，河东及西街，被其放火延烧，市民房共约四百余家之多……"在10月24日的日记中又录有彬哥寄予汪荫祯的信，其中记述了辗转流亡的痛苦："此番饱经锋镝，时经一年。地遇两处，劫复归来，大有隔世之感。忆去秋别后，未两月，仆仆东、洋途中，旋过流亡生活。至送灶后，方一家团聚。五十余日复再度播迁，一家人由东而海，计五个月。"10月25日的日记中记录了汪荫祯的父亲汪仲英，在给大哥汪伯循的信中也有这样叙述："回忆我们全家在小海时，弟刚到两日，受日机轰炸，危险当头，弹落在后门口，离我们人不远，我身上溅有血点，其情形可想而知。"从这些只言片语中，战乱使得人民流离失所，生命无时不处在危险的境地，惶惶终日，何来安居乐业！

汪荫祯在1938年七夕节后，发出这样的感慨："同样戴着天，同样过着七夕，但这普通的许多流亡者群，乞巧已经成了桃色的憧憬。现在，桃色的憧憬变成惨淡的暗云，失去了家，失去了亲人。也许家毁灭了，亲人还未卜死与生，剩余的生命流亡着天涯，又不知道怎么样归宿！七夕，只增加了苦恨的思绪！"

2. 徽学研究的有益资料

本日记对于徽州民俗的记录以及对徽州、徽商的记录，无一不是徽学研究的第一手资料，特别是日记中录有徽州与扬州、上海等地的信件来往，其包含有大量的信息。如祐弟在八月初七日给桂姊的信中写道："启者，不通音问，已有年余，时深挂念。奈邮路不通，无法可想耳。弟自去岁在长邑，始终抱读静态，未曾离号一日。届时虽受惊恐，听天由命，置身度外，亦不觉可怕。今春号中停业，同人解散，故弟亦于二月十七日由长动身，经过高邮、兴化，往盐城。届时路很难行，沿途均叫小船。二十四午后，才平安抵洋岸。住未多日，亦复逃难至海下。所幸阖家均平安，亦未损失，此乃托天之福耳。弟于前七月来东二伯父母处，徒安未及半月，又患疟疾。今幸痊愈，但身体已渐复原，尚未强壮，拟在东休养，暂不他往。但此病皆因一年中逃难和惊恐下，受尽风寒暑湿，备尝艰苦所至，可一旦爆发甚是厉害非常。"信中叙述了受局势影响，店号关门停业，而沿途不太平，很难行，只得雇小船，避开大路，小心而行。一年之中在不断的逃难、惊恐、忧惧中度过，以致染病。

在12月18日日记中，录有舅父之信："盐务由国难当头，早经停办，大家在此除维持现状外，无得甚事。通道公司尚可保长，多混一、二年。其他营业，生意人闲散无止，将来结局诚不堪设想矣……"在此，汪荫祯写道："阅舅父来信，知母大人念我甚，但我也念她甚。离窠的小鸟，羽毛未丰，在外漂泊已有一年多了，思之，不禁欲绝。盐务停顿，即我之家庭生活发生困难，不仅我个人如此，亲戚朋友当中大多皆依靠为生活。将不知如何解决也？大有秦人对哭之势吧！"从这封信可以知道，汪荫祯家族是以盐业为主，这是他们的主要生活来源。

3. 抗战的历史见证

从1937年7月卢沟桥事变到1938年10月广州、武汉失守，是战略防御阶段；从1938年10月至1943年12月，是战略相持阶段；从1944年1月中国解放区战场局部反攻至1945年8月15日日本宣布无条件投降，是战略反攻阶段。1938年对于中国抗战来说，是关键的一年，从开战初期的节节败退，到后期的节节抵抗，中国以劣势的装备、积贫积弱的国力，有效抵抗了日寇的疯狂进攻，消灭了敌人的有生力量，使日寇陷于中国战场而无法自拔，从而也支援了世界人民的反法西斯战争。日记中记录了各战场的态势及战争的演变经过，特别对扬州、徽州周边如芜湖、宣城、江西九江等地的记载尤其详细。如在8月17日的日记中载："南浔线我军进展顺利，沙河南昌铺正式克复；港口镇我敌激战甚烈，敌仓皇向九江方面撤退；浙西开始总攻，节节进展，我军迫进杭郊；皖南我军迫抵宣城近郊，敌恐慌万状，现向芜湖、湾沚方面乞援；苏倭张鼓峰事件，倭违反停战协定，侵犯行为仍继续发生，苏称将不受协定束缚之义务云。"对一些大的战役及事件都有记载，如徐州会战、武汉会战、黄河花园口决堤、长沙大火等，是中国抗战的真实记录，也是日寇侵略中国的历史见证。

1938年12月31日，汪荫祯在日记中录有《战地》第74期的一篇短文："中华民族在黎明前的黑夜，走尽黑暗的一端，自然谁也不会忘(二十七年)带给我们的收获是：一、在苦难的挣扎中，建下了胜利的基础；二、挨尽被攻击的攻击，一年来奋斗的结果，战事已转捩到我反攻击的时候；三、在战争中锻炼了每个人的意志，伟大的破坏，才有更伟大的建筑；四、国际形势因我英勇的抗战，逐渐好转。送走给我们一切磨炼的二十七年，大家记住：光明就在明天！"

一个人的人生往往与国家的命运、世事的变迁紧密联系，本日记的主人汪荫祯如果不是因为抗日战争的爆发，肯定是按部就班地生活着，大学毕业后就业，与父母妻儿其乐融融地生活在一起。但战争打破了固有的生活轨迹，汪荫祯辗转流离，迫不得已回归徽州故里，其一年中的所见所闻、所思所想真实反映了那个特定年代普通百姓的切身体验，据此，我们可以通过一个时代的小人物透视那个特殊时期的历史风貌，也许，这就是这本日记的价值所在吧！

注

①③ 相关内容参阅王松林主编，《中国现代史》，北京师范大学出版社1982年版。

② 相关内容参阅上海淞沪抗战纪念馆网站"'八·一三'简介"。

汪荫祯日记原件

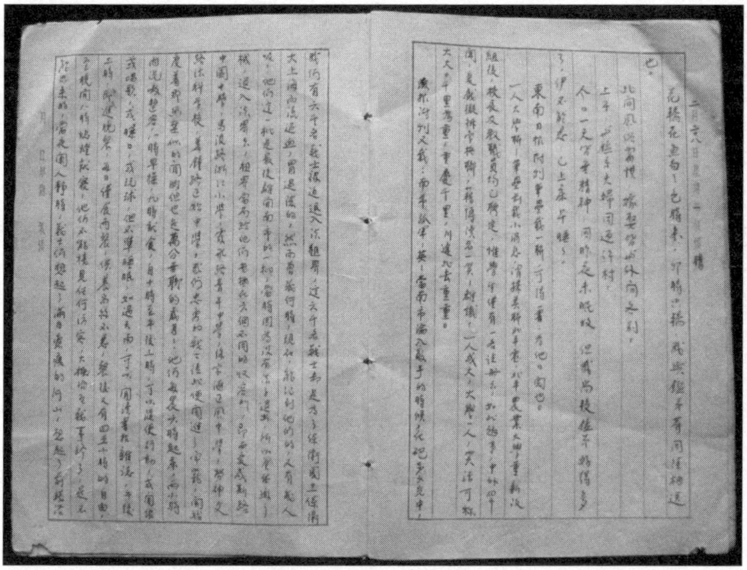

二月二十八日

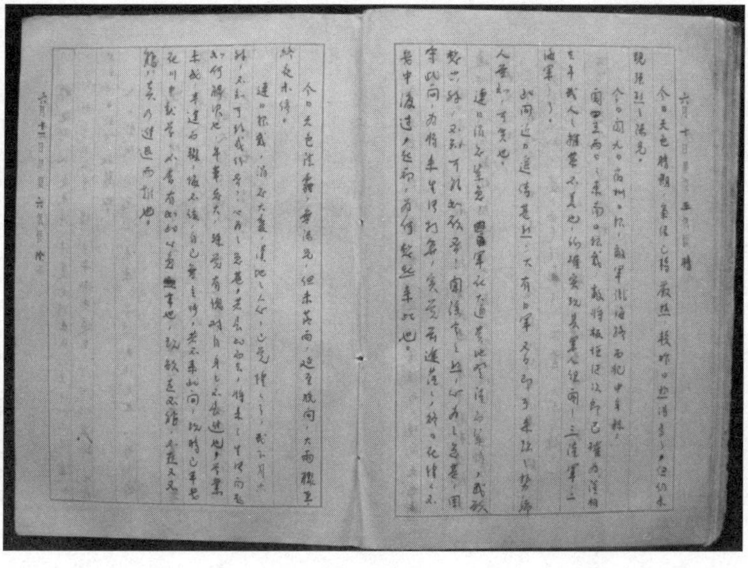

六月十日至六月十一日

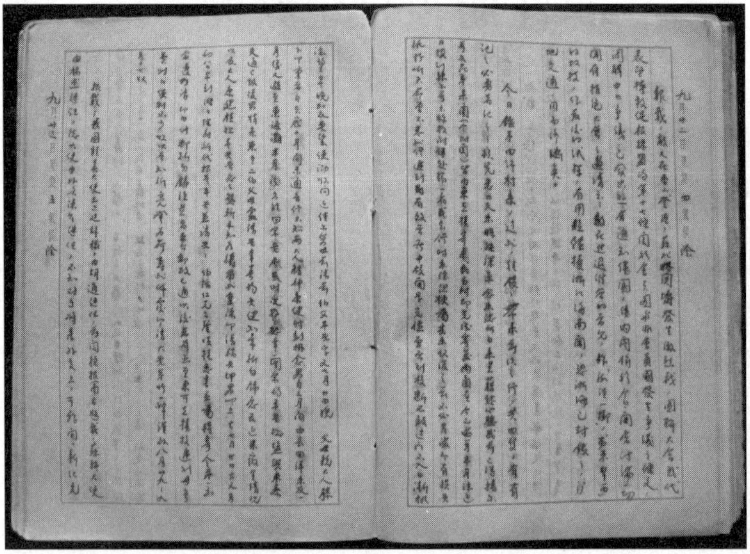

九月二十一日至九月二十三日

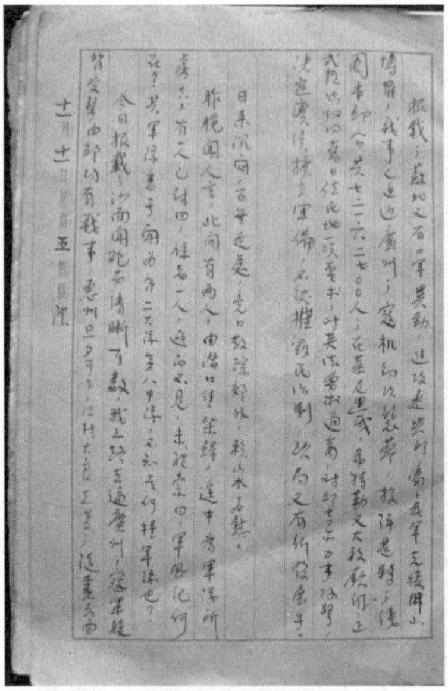

十一月十日至十一月十一日

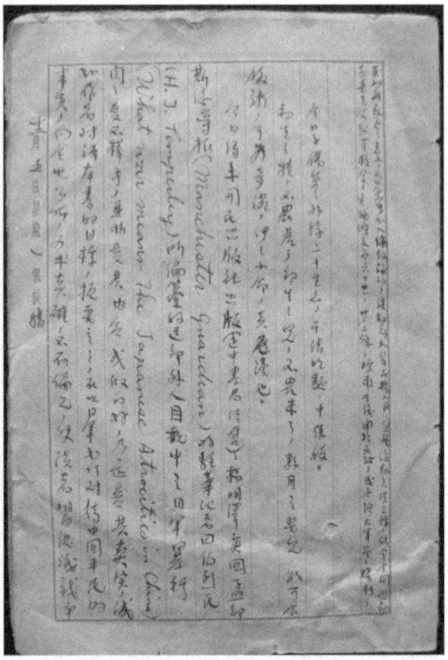

十二月五日

目　录

一　月

民国二十七年(1938年)

一月十一日　星期二　气候:阴

[前有缺失]回来也,此信为我来此后,寄往扬州彬哥,告我平安来此也。退回来,信封上书为:“该件因战事关系,无法转递,故退。”①同时,东地②信未退来,或其可通,未可料也。

晚睡尚早,阅书数页。

注释:

①1937年“七七事变”后,日军疯狂发动全面侵华战争,1937年12月14日,日军入侵扬州。12月16日,日军入侵仪征、江都(仙女庙)。1939年3月4日,日军首次入侵宝应,两天后北撤,10月2日再次入侵。1939年10月2日,日军入侵高邮。至此,扬州及所属各县县城全部沦陷。据1946年2月12日《人民报》载,在日军占领的八年间,高邮、宝应和江都河北(时为樊川县)三地被日军杀害群众4664人,因伤致残者3768人,因敌暴行沦为孤寡者16955人,流离失所者20195人,被烧毁房屋5100万间,被抢衣物和牲畜无法统计。

②东地:指现隶属于江苏省盐城市的东台市(县级市)。东与黄海相连,南与海安县接壤,西与泰州市和兴化市毗邻,北与大丰市交界。东台拥有85公里黄金海岸线,是江苏著名的“鱼米之乡”。古称西溪、东亭、海春,被誉为“黄海明珠”。东台以产盐出名,明洪武元年(1368)设泰州盐运分司,辖东台、安丰、富安、何垛、丁溪、草堰、小海、栟茶、角斜场盐课司。武宗正德十五年(1520)盐运分司署移置东台场,驻东台场鼓楼街(今台城步行街文化广场东侧),东台各盐场为其所属。东台是徽州盐商活动的主要阵地之一。

一月十二日　星期三　气候:阴

清晨,我又那个了[①]。

晨,天尚未明,忽闻有人呼喊,细听为对门房中所发出。当时不知何故?拟起床探问,俄而无声,我也懒于探问。清晨起来,早餐时,二舅母说起,始知为梦迷也。

今日闻机声,闻人言,只有一架,由西往东飞去。

午后出外观壁报,只见上载,日皇开御前会议,此为昭和[②]即位来第一次,此为日本最大会议,计议如何使我国屈服,真可笑也!伊不闻我委员长所言,虽余一兵一卒,也不言屈服也[③]。

晚睡甚早,阅书数页。

今日寄信两封。一至呈坎大伯父处,告其信已寄去;一至武昌张宗英兄处,请其代购日记一册。

注释:

①我又那个了:指手淫。以下同。

②昭和:昭和天皇,名裕仁(1901年4月—1989年1月),日本第124代天皇(1926—1989年在位)。大正十年(1921)摄政,十五年(1926)继位,1928年11月10日,举行即位大礼。1926年裕仁登上皇位,日本走上了军事扩张之路。1931年9月,日本侵略中国东北,建立"满洲国"傀儡政权。1937年7月,发动全面侵华战争。1941年12月8日,日本突袭美国珍珠港海军基地,美国及其盟国加入对日本的战争。1945年8月6日和9日,美国先后向日本本土(广岛、长崎)投下了两颗原子弹后,裕仁被要求参加战时最高国务会议的特别会议。裕仁同意投降,接受波茨坦公告,其中"无条件投降"暗含一个条件:即不废除天皇。8月15日,裕仁通过无线电广播,史无前例地向日本民众解释了投降的原因,此段广播被称为"玉音放送"。

③1937年7月7日夜,日军在距北平十余公里的卢沟桥附近,进行挑衅性军事演习。并诡称一名士兵失踪,要求进入宛平县城搜查,遭到拒绝后发动进攻,是为全面侵华战争开端。驻守的国民革命军第二十九军官兵奋起抵抗,打响全民族抗战第一枪。至此,抗日战争全面爆发。史称"七七事变",又称"卢沟桥事变"。7月17日,蒋介石在庐山发表了著名的"最后关头"演说和严正声明,指出"再没有妥协的机会,如果放弃尺寸土地与主权,便是中华民族的千古罪人"。号召全体国民"地无分南北,年无分老幼,无论何

人，皆有守土抗战之责，皆应抱定牺牲一切之决心。”

一月十三　星期四　气候：阴天

今日天气已阴霾，已降雪。

大伯来，问去信可有覆音否？

今日舅父家杀猪，里人为大典。故舅母带[戴]花，择吉日以为之①。

午后出外观壁报，消息无多变化。阅十一日之《徽州日报》②（屯溪），孙家埠、宣城皆有敌人。

晚餐后，教鉴弟代数学。

晚睡尚早，阅书数页。

今日为旧历大年夜，晚在舅父家吃年夜饭③。

注释：

①徽州“家居务为俭约，大富之家，日食不过一脔，贫者盂饭盘蔬而已。城市日鬻仅数猪，乡村尤俭。羊惟大祭用之，鸡非祀先款客，罕用食者，鹅鸭则无烹之者矣！”（《歙事闲潭》卷18《歙风俗礼教考》）这是因为徽州山多地少，缺食少粮，无法大量饲养肉猪，一般农家年初捉一只仔猪，以山芋、玉米，辅以采集的猪草及菜皮、山芋藤等作饲料，春节前择日宰杀，谓之“宰年猪”。这在徽州农村是一件大事，也是一件欢天喜地的喜事，所以为“大典”。杀年猪，忌杀两刀致死，喜血喷满地，谓之“满堂红”。猪头须留一撮鬃毛，其余刮光洗净后，鸣鞭炮，焚纸钱，祭祀“土地神”。歙俗杀猪要盛碗刀口血，分别泼于猪栏门和正屋门栏石上，以示家兴畜旺。

②《徽州日报》：民国21年（1932）10月10日，在屯溪创刊，由歙县人毕卓君倡办，沪、杭、宁、苏等地徽商集股经营。首任董事长是同济大学毕业的在沪徽商章锡骐，首任社长系富商曹霆声，经理兼主笔毕卓君，于右任题写报名。民国23年（1934），屯溪商会会长刘紫垣等人投资入股，刘紫垣任董事长，社长为马民导。民国35年（1946）戴瑞接任社长。社址曾三度搬迁，民国23年—29年在屯溪下街大厦，1940年11月编辑部在下街财神庙，最后在西杨梅山脚的公路旁。《徽州日报》初为对开4版，抗战期间一度改为4开2版。创刊后即向国内外发行，上海、杭州、南京、苏州、镇江、武汉、北平、严州、金华、九江、景德镇、长沙、安庆、芜湖等22个大中商埠，均有徽州旅外同乡会帮助设立的分馆或代派处销售报纸，欧美及日本由报馆发行部直接寄发。当

年伦敦举办世界报纸展览会,《徽州日报》陈列其中。《徽州日报》诞生之时,“主张为民众喉舌,声讨土豪劣绅”,既贴近徽州民众,也贴近旅外徽人。其宗旨是:“宣扬文化,促进地方建设,沟通地方消息,冀内外徽州人士,共同努力创建新徽州。”发表了大量徽州各地经济建设、振兴教育、改良风气的新闻通讯和调查报告。“九·一八”事变之后,国难方殷,该报大作救亡图存之宣传,著文诛伐汉奸,声讨日伪,言词激烈,伪满政府将其与上海《申报》、天津《大公报》、北平《晨报》,同列为禁入伪满境内之报纸。《徽州日报》从问世到民国38年4月终刊,历时17年多,是民国时期徽州地方报纸中办报历史最长、发行面最广、影响最大的一家报纸。

③年夜饭:过去,徽州旅外人士特别多,所以特别注重年夜饭,只要没有特殊情况,长年漂泊在外的徽人都要赶回家吃上这一顿年夜饭,所以年夜饭也是团圆饭。年夜饭的准备从腊月初八就开始了,主要有杀年猪、做豆腐、打年糕、做芝麻糖、冻米糖、炒花生、瓜子等。大年三十这一天,还要打扫卫生、贴春联。俗话说“赶忙三十夜”。年夜饭前,先要祭祖,在上横头张挂祖宗画像,俗称“祖容”。用红纸做一只大元宝,元宝上口插柏枝,两侧贴列祖名讳红条,供蒸饭、菜肴、米酒,饭要堆尖顶,嵌红枣、莲子、板栗,插柏枝、天竺叶、天竺籽,寓意一年四季清吉平安、吉祥如意、丰收富裕、福寿双全。全家男女老少,从长至幼行三跪九拜叩首礼,然后吃年夜饭。年夜饭俗称“封岁”,菜肴一般都很丰盛,平日见不到的鸡鸭鱼肉都上桌了。如歙县一户人家的封岁菜谱如下:八个菜,全部用芦花大碗装。一是瑞气千条(煮粉丝,内加少量煎豆腐丝,笋干丝);二是金玉满堂(煎豆腐片加老豆腐片,一黄一白,不加酱油);三是海纳百川(煮海带丝,一定要用肉汤煮,入味);四是基业稳固(炖鸡,上桌前加几片青菜叶,鸡与叶);五是岁岁有余(烧草鱼块,鱼块较嫩翻动难免碎了,干脆就叫岁岁(碎碎);六是金榜题名(炖蹄膀,蹄谐音“题”,膀谐音“榜”);七是肥水自留(红烧肉,选上好的五花肉,一定要肥多精少,烧出半碗油来,有肥水不流外人田的意思);八是情意浓浓(蕨糊,用蕨粉或葛粉,内加豆腐干丁、笋干丁、肉丁,一定要做得黏稠,体现浓浓之意)。封岁后,屋内处处灯火遍布,彻夜灯光通明,厅堂内外,楼上楼下,灯灯齐亮,谓之“发灯”,即“发灯发丁、家庭兴旺”的寓意。一家人老少围坐在一起,共话家常。女性可以早些睡觉,但男性必须等到十二点接天地,按规定在子时新旧交替的时辰燃放鞭炮,谓之“接新年”。

一月三十一日　星期一　气候:阴

今日为旧历二十七年元旦[1]。

意想不到,我在此间度岁。

乡里新年,不及扬地之热闹,无聊,与人雀战。

晨似放晴,晚忽又雨。

今日晚餐甚早。因今晨起来太早之故,且昨夜睡时亦太晏,故耳须吃了早睡,以补不足之故也。

晚餐后,忽思出外观壁报,近日消息较佳。

晚睡前,与家人共话家常。

注释:

①元旦:指春节,农历正月初一,旧称新年、元旦,又叫阴历年,俗称"过年"。辛亥革命后称"春节",是我国民间最隆重的节日之一。在春节期间,要举行各种活动以示庆祝,主要以祭祀诸神、祭奠祖先、除旧布新、迎禧接福、祈求丰年为主要内容。徽州各地春节的活动丰富多彩多姿,有舞龙灯、嬉鱼灯、舞板凳龙、抬阁、灯彩、庙会等富有徽州地域特色的民俗活动。

二　月

民国二十七年(1938年)

二月一日　星期二　气候:晴

昨晚我又那个了。

今日天色已放晴,但地上尚未离泥泞也。

陪鉴弟往坝岭下,迎接其小姨等来贺年。

下午与人雀战,小胜。

晚与鉴弟同眠,因伊小姨等来故。

二月二日　星期三　气候:晴

晨,天气晴朗,下午忽阴雨。

去杨长岭鉴弟舅父家贺年,与鉴弟夫妇同往。后与鉴弟去呈坎大伯父处拜年。

因雨阻,未到许村,在伯父家宿,与鉴弟抵足而眠。

大伯责我不往呈坎伊处,去则一忽儿即去。常住无聊,可恶也!

二月三日　星期四　气候:晴

昨晚雨未停,并落雪。至子余等表舅家拜年[①],并在子余舅家午饭。雨中泞泥,回许村,鞋袜皆湿了。

东地已有覆电来,云家中平安,心中慰甚。但不知伊等在扬,抑在东地也?待得有确信,始可安定也!

乡里俗风特别,往人家拜年,须携茶食。到了人家,须要吃鸡子并面。吃不下,也要强人吃下,可恶之习俗!此种恶习,有打破之必要。

晚睡甚早,与鉴弟同眠。

注释：

①拜年：按照徽州习俗，大年初一要早起，洗漱过后先向祖容行叩首礼，然后才向长辈拜年，长辈要向拜年的年幼者送红包。这天，多数地方族中子孙集中到祠堂，举行隆重仪式，行三跪九拜礼，祭祀合族祖宗，听族长宣讲族祖功勋、读祭文、重温族规。五世以内的祖先由各户于除夕或初三上坟祭拜，称拜新年、拜坟年。从初一始，各家堂前八仙桌上都放有果子盒，来者都是客，待以果子茶、五香茶叶蛋及长寿面。年初一与人见面，平辈相互拱手作揖，恭喜发财，小孩见到大人、长辈下跪磕拜。初二，女婿到岳父母家拜年，歙西习俗则"初一亲、初二邻、初三初四拜丈人"。一般初三开始，亲友相互拜年，先上门者称"拜年"，回拜者称"回年"。拜年要携带果子包及其他礼品，看长辈礼要重一些，平辈则随意一些。中午待客一般是茶叶蛋、长寿面，客人不吃，会被主人认为瞧不起人。晚上正餐。春节期间，有许多禁忌与讲究：大年初一，不动刀，避凶；不扫地，忌财气外流；不担水，不借火，显示百物不缺，样样富足；第一次出门要择吉向走，如沿上水或东方走几步，然后再随意走动；从正月初一到初三的年节期间，孩童不得说脏话、坏话，不得高声喧哗吵闹；老少都得小心，千万不能打破碗碟，万一失手，必须立即反复说三次"岁岁(碎碎)平安"，以消灾化解；而大年初一一早须到外边水井里去挑一担水回家，既寓意"财气不外流"，又寓意"拜瑞(水)入门"(在徽州方言中，"瑞"与"水"谐音)、"招财进宝"；大年三天家人均不得吃药，以免败坏好兆头，弄得个年头吃药到年尾；"发灯"之夜，要有家人与长明灯守岁，不能让烛灯熄灭，更不能让蜡烛歪倒烧坏灯笼酿成火灾；大年三天不得下锅煎炒烹饪，以避"争吵"之忌；大人小孩都不得使用剪刀，但可以使用针线，寓意"只立不破"。

二月四日　星期五　气候：阴

今日为旧历初五财神日[①]，扬地今日甚为热闹，而乡里则反。

今日写信四封：一至洋岸大舅父处；一至上冈大姨夫处；一至东地父大人处；一至小海二舅父处，皆为贺年信。

今日接外间第一次来信，阅了，为汇川兄寄来，察其意，尚未接我之信也。信中云，去年十二月八日晚随伊姑丈离汉入川，此信在途中寄来的。伊信中云，船已驶过沙市，晚十时可抵达宜昌。伊姑丈是赴滇，伊同去否？未定，命我有信可寄徐国枚兄处转交。此信在途中共行五十余日

——十二月十一日于舟次发来的。

注释:

①初五财神日:徽州以农历正月初五为财神日,工商业者多在这天接财神。清晨,在店堂大门上贴上"开门大吉",店堂贴"黄金万两",秤上贴"开秤大吉",斗上、钱柜上、账本上贴"日进斗金"等红字条。焚香,放爆竹,接神,敬神,随后开始营业。头几名顾客,不论购置何物,加一至三成发货,稍后来的顾客,也适当多给。

二月五日　星期六　气候:阴

昨夜似欲呕吐,清晨心中不快,宜当心也。

昨夜大雪,清晨仍未停,途中泞泥,不能出外观雪景也。

昨日曾出外观壁报,但未有。不知前线胜利如何?

上午祁府有人来接鉴弟小姨等回,我等少了一送客之事也。

里人今日接灶君[①]——旧历正月初六。

晚睡前,阅书数页。

注释:

①接灶君:传说镇守每一个家宅的灶君,在十二月二十四日离开家宅,回到天宫向玉皇大帝汇报,然后在天宫休息,等到年初六返回人间。此时,人们要进行接灶君的祈福仪式。接灶的方式比较简单,摆上一些的果品及肉、鸡、素菜等供品,上三炷香,燃尽即可。灶君被人们视为家宅中的一位守护神,上香供奉。

二月六日　星期日　气候:晴

昨日傍晚,天色渐放晴,今日已为晴朗之日也。

昨夜我又那个了。

长日无聊,下午雀战。

晚睡时,已鸣钟十下。

今日正是一日夜风雪之后,万株树上,都结上了一层冰壳。早起极光明的朝阳从东方捧出,照得这些冰树玉枝寒光激射。出门微步雪林中,曲折行来，偶然回顾，一身自冰玉丛中穿过村庄一角，隐隐看见村屋。虽然一般的高处不胜寒，而此琼楼玉宇，竟在人间，而非天上。绕过青山上下，一路林深处，冰枝拂衣，脆折有声。白雪压地不见寸土，竟是洁无纤尘的世界。最美的是冰珠串结在松枝上，青白相间，晶莹向日，觉得人间珍宝无此璀璨！

——录冰心之通讯十六(《寄小读者》十六)。

二月七日　星期一　气候:阴

今日阴晴不定，但尚未落雨。

今日鉴弟夫妇与我同往祁村、屯田及赵村[①]等地贺年。

伯父命人来取伞，但未言及，命我往也。

注释:

①祁村、屯田及赵村:属今歙县上丰乡。祁村又名祁家巷，以祁姓而得名；屯田为古代屯兵垦田之所，故名；赵村以先住民姓赵而得名。

二月八日　星期二　气候:晴

今日由许村来伯父处。

在伯父处，遇桂姊，已多年不见，伊似觉较前好看得多了。

阅壁报载:中日相持仍在芜湖一带。闻蚌埠、临淮关已失陷，徐州恐有危险否？

晚睡甚早，约在八时左右。

二月九日　星期三　气候:阴

今日天色又转阴，下午稍见阳光，但未雨。

今日接父大人去年十二月六日由浔地[①]转来一信，告我扬地一切情形，想母大人已去东否？又去年十一月二十四日接我由牯岭[②]发去急电，又汇款两百元来。但我未收到前，我已来徽。父母待子女之心，确如其言——儿行千里，父母担忧也——伊等若知我已平安抵里，也可稍去心中之烦念也！但念不知什么时候，才能欢聚在一堂？伊等老小，确知父大人言:虽未遭受意外，但长途行走之苦，已吃足矣！此事也应责我，不应去扬要衣服，伊——母大人，可没有回扬之念了。以迷信言之，也可说是天定也！

今日已将冯雄所著之《测量术》读完。

注释：

①浔地：指江西省九江市。

②牯岭：庐山风景区的中心，海拔1167米，是一座公园式的“云中山城”，包括环绕牯岭的东谷和西谷。牯岭镇面积46.6平方公里，现常住人口万余人。

二月十日　星期四　气候：阴

昨夜降雪，清晨起来只见屋檐尚有余雪存在，同时也在落着。下午雪止，天色渐放晴。

今日写信两封：一至东地父亲大人处，告其去年十二月六日由牯岭胡金芳旅社转来之信，已收到。十一月二十四日（去年）寄来之款两百元未收到，问其可得银行通知取回否？一至周曾祚兄，托其探问，经牯岭胡金芳旅社及中国农民银行，询问汇款之情形。

二月十一日　星期五　气候：阴，午晴，晚又阴

昨夜我又那个了。

今日已将许雪樵所著之《工业用水清洁法》读完。

今日清晨天色阴霾，中午天色放晴，并有阳光出现，但傍晚仍又转阴了。

晚间见里中（呈坎）俗例送灯[①]，由祠堂内各族送于新娶新人之人家。送别，返祠堂吃酒。等于同姓每年相聚，俱乐一次也。

注释：

①送灯：送新婚夫妇一对龙灯，寓意“添丁”。女儿出嫁后，逢第一个灯节时，大都在农历正月初八到正月十五期间，由母家送大宫灯一对。如果女儿已怀孕，还要送小灯笼两对，并配上点到落灯时的蜡烛。送宫灯是希望女儿婚后吉星高照，幸福美满；送小灯笼是祝愿女儿孕期平安。徽州一般由祠

堂组织送各式花灯给新娶新人之人家，以希望家族人丁兴旺。

二月十二日　星期六　气候：阴

昨夜我又那个了。

今日已将凌鸿勋所著之《工厂设计》读完。

今日为旧历正月十三日——上灯日——外间今日当甚为热闹，而乡里则反之。

晚间观祠堂内送灯，遇许本良，问之，谓偕伊母来呈坎，为外祖叩弟也。

今日天色又转阴了。

二月十三日　星期日　气候：阴雨

晨，送桂姊等回潜口，伊等在大雨泞泥中行也。

至罗子锡舅家午餐。

晚间，由伯父同住者之子代取来信两封：一是伯父写往天长[①]祐弟处退回来者——因该地沦陷，无法可递故；一为父大人由东地寄往赣省庐山牯岭胡金芳旅社转来者，拆视之，知时为去年十二月四日寄出，今日始转到此间，共行七十余日，想可知其慢也。信中言，劝我不要冒险返扬，并告我祖父为红羊浩劫[②]，孤身逃出之意。父母爱子之心，油然而生，现于纸上，令我读之，泪欲坠矣。老年人为血脉相传之意，可怜也！想伊近日得知我已平安来此间，心中亦可安定否？放去一条思虑之心否？

注释：

①天长：隶属安徽省滁州市，位于安徽省东部，除一面与本省来安县接壤外，其余三面被江苏五县市区（高邮、仪征、金湖、盱眙、六合）环抱，地处江苏腹部。天长建县于公元742年，是唐玄宗李隆基为纪念自己生日——千秋节，而特设的一个县。民国27年（1938）12月，天长县城被日军占领。

②红羊浩劫：这里指太平天国起义。从咸丰三年（1853）至同治三年（1864）间，太平军与清军在徽州进行了长达十余年的拉锯战，给徽州造成了很大的灾难。歙人许承尧（1874—1946）在《歙事闲谭》中道：咸同兵燹，“吾徽受祸最酷。以歙一县计之，人口损十之七八，庐舍损十之六七。其时焚掠

屠戮之惨，殆不下于明末之蜀、清初之嘉定扬州也。”

二月十四日　星期一　气候：晴

昨夜我又那个了。

今日为旧历正月十五日——元宵佳节[①]，里人对之甚为重视也。

至罗子厚舅家午餐。

清晨天色放晴，但阳光未放足，下午又转阴霾，不知可有雨否？明日往潜口桂姊家，不知可能成行否？

注释：

①元宵佳节：农历正月十五，为元宵节，古称上元节。早上，全家吃糯米元宵糖团，冀团圆生百子。是日，不少地方兴舞狮，相传狮能除邪，自认运气不佳者，都乐意请到家中舞狮；期盼生子嗣者，则舞大狮、小狮。是日接灶，用腊月做的“银盆元宝”供于灶台，更新灶司亭内东厨司命灶君之神位。有的贴灶君图，并配贴“上天奏善事，下界保平安”“司命府”联披，燃香烧纸、灶司衣祭拜。是夜，张灯结彩，舞龙、舞狮、嬉鱼，嬉汪公及太子菩萨等活动，热闹非凡。元宵嬉灯习俗至今沿袭。如歙县许村的“舞大刀”，三阳的“打秋千”，叶村的“叠罗汉”表演等。

二月十五日　星期二　气候：阴雨

清晨阴雨未停。下午，偕伯父等在阴雨泞泥中来潜口桂姊家，约下午二时余抵潜口。

晚间与伯父共眠，伊夫妇让床给我等住也。

二月十六日　星期三　气候：晴

晨，早餐后，偕大伯往昆弟妇之母家拜年。

今日雀战，大败，负去洋四元。

晚间仍与伯父共眠，约在九时后安寝。

二月十七日　星期四　气候：晴

昨晚大风，清晨甚寒。

至弟妇之母家午餐，伯父，瑞霖兄及我，共三人。

伯父今日返呈坎。

今日雀战，又大败，输去洋三元。

晚间一人独眠。

二月十八日　星期五　气候：阴

今日至桂姊的四姑娘家午餐。

今日雀战，小胜，赢来大洋四角。

二月十九日　星期六　气候：晴

今日至桂姊的二姑娘家吃早茶并午饭。

今日雀战，又大败，负去大洋三元。

昨晚睡时甚晏，已鸣钟十一下，为来潜口第一次睡眠迟者。因闲淡故，忘却睡眠了。

二月二十日　星期日　气候：阴

连日皆有飞机过境，昨日曾在潜地上空盘旋，围绕飞行而去。

清晨我又那个了。

晨，伯父由呈坎家内来，为赶来打电报往东地，探问祐弟安否？现在何处？前曾有电来告其平安，今忽又有电往，不知何故？可恶，其如此不放心也！

今日已将陆志鸿所著之《最小二乘式》读完。其内容莫明其妙，题目不能完全做出，待有暇看一遍，重新做起题目来。

下午偕伯父往观音山——潜口，离桂姊住处约有一里余——闲眺。途中遇祐弟妇，为母采柴归。伊不叫应大伯，我曾不知是伊人来也。

二月二十一日　星期一　气候：晴

晨起，天色似昏暗，中午忽转晴了。

今日未返呈坎，次日将准回矣。

今日已将冯雄所著之《非金属材料》读完。

今日在此订了《徽州日报》一份，化[花]洋八角。不能不寄吧？大约可以如期看到吧？

二月二十二日　星期二　气候：晴

今日由潜口返呈坎伯父处，偕伯父同行，约一时余抵呈地。至则，闻家人言，许村舅母曾命人来接我，家人不知我何时返呈，故耳命其去也。

二月二十三日　星期三　气候：晴

昨夜我又那个了。

今日有便人由许村来，系送祯祥姊之女许本英来其外婆家的。下午偕此人同返许村舅母家。至则，舅母出外有事，由鉴弟之本家嫂叫其回，同时鉴弟亦由祁村返也。

收到信两封：一是上海周曾棫兄寄来的，告我日记无从可买，并云曾祚兄及汇川兄皆往川中就读，扬地伊府之人，皆避入附近乡间，幸尚平善。一是临海[①]罗耀民兄寄来，告我学籍证不必寄还给他，暂存我处，并请我去游玩。

晚睡尚早，与鉴弟共眠。

注释：

①临海：简称“临”，属浙江台州市，位于浙江沿海中部，东连东海，西接仙居，南连黄岩，北靠天台。国家历史文化名城，素有“小邹鲁”和“文化之邦”的美誉。宋时文天祥曾赞誉：“海山仙子国，邂逅寄孤蓬。万象画图里，千崖玉界中。”台州地区经济、文化、交通的中心。

二月二十四日　星期四　气候：晴

今日之事已忘却，故耳未记。

在日本帝国主义疯狂的侵略的现在，全世界再没有比我们底[的]生活更悲惨的生活，也再没有比我们底[的]民族更不幸的民族，成千成万的人民失去了作为每一个人底[的]最起码的生活条件；自从敌人的铁蹄蹂躏着我们底[的]国土后，我们每个人都有着一个悲剧的命运了。可是没有一个新生命不是从苦痛的分娩中得来的；没有一天的光明不是从漫长的黑夜中来的；也没有一个大洋不是从无数浅流汇聚成的。易卜生说过："凡是不曾受过痛苦的人，或亲眼见过和受苦的人共同生活的人，绝对不能创造的。"为了"创造"一个新中国，今日的苦难也正是未来光明必然的过程，我以为。请想"荷马"时代希腊人民底[的]精神吧，他们即使在受苦的时候，也欢喜人生；他们即使在背着一个悲剧的命运的时候，他们依然以悲剧作为人生最崇高的活力的表现。正如伟大的苏格拉底所说："人生的快乐并不在于克服困难，使困难不再出现，也不在消灭人间的一切冲突……而在对于永久的善之追求。"是的，威尔都林曾加以补充过："这种追求，即使失败，那失败的光荣也使太阳黯淡无光。"在今天，我们每一个人正担负着一件史无前例的最艰苦的工作——这就是创造自由平等的新中国。让我们每一个人在这课题下付与一切吧！让我们前赴后继地完成这个使命吧！为了"永久的善"。

"航，在今天"

——《战地》，第七三期

二月二十五日　星期五　气候：晴

今日偕鉴弟往上丰祁村伊岳父家，为吃伊小姨喜酒而去也。途中巧遇男家来发嫁妆之人，我等先行抵伊家，告其人来，好准备一切也。

晚间雀战大胜，赢了，但未取回。

晚间与鉴弟共眠于伊府。

二月二十六日　星期六　气候：晴

在伊府无事，无聊甚。

至伊府隔邻伊本家，观望新嫁娘。此间风俗与外间全然不同，晚间并往观闹新娘[①]。此间特例，新人夫妇，皆跑出房外，令人取笑，乱闹，意闹愈急，愈好也！

注释：

①闹洞房：又称"吵新人"，取"越吵越发"之意。新婚三日无大小，众人

可任意与新人调笑取乐，插诨打科。进行各种游戏，如要求新郎新娘同咬悬枣、同吃香蕉、过仙桥（走板凳）等；或要求亲吻，作出各种亲昵动作等；有时“撒帐”与“吵新人”同时进行，气氛颇为热烈。喝了交杯酒，送入洞房后，由“利市人”（选取儿女双全、家庭和睦、富有名望的同族男女）边撒赤豆、红枣、花生、瓜子等果品，边演唱道喜辞。先撒田地帐，继撒东南西北四方帐，后撒楼屋房梁帐，终撒婚床帐。帐词大多是吉利语，似歌非歌，押韵上口。如“撒帐撒向东，撒向黄山十八峰，峰峰都有珍和宝，不出黄连出甘草；撒帐撒过场，夫妻心欢畅，恩爱同到老，子子孙孙坐满堂”。也有临时被推上场的演唱者，如“撒帐撒不来，拖拖扯扯叫我来。我是从来不撒帐啊，撒起帐来怕坍台。硬起头皮来撒一个啊，各位亲眷要捧台。饮了交杯酒啊，夫妻必定更恩爱。”撒帐无一定时限，有时同闹洞房结合进行，宾客轮番撒帐，直至深夜尽欢而散。

二月二十七日　星期日　气候：晴

下午伊府差人陪鉴弟小姨吃酒。此为新人出阁，母家之送行酒也，拜天地及祖先，辞行也。

夜间雀战，我又大胜，赢了，又退还给人家了。

因候花轿来迎娶，故我等一夜未眠。

二月二十八日　星期一　气候：晴

花轿在鱼白之色时来，卯时出轿。我与鉴弟等同往相送也。

此间风俗习惯，嫁娶皆与外间各别[①]。

上午，与鉴弟夫妇同返许村。

今日一天皆无精神，因昨夜未眠故。但我尚较鉴弟好得多了，伊不能忍，已上床早睡了。

《东南日报》附刊，笔垒载一联，可得一书，为他日阅也。

一人大学联

笔垒

前载小消息，谓据美联北平电，北平农业大学重新改组后，校长及教职员均已聘定，惟学生仅有一名注册云，如此趣事，中外罕闻。爰戏拟拆字格联，藉博读者一笑：

一人成大，大学一人，笑话可称大大；千里为重，重庆千里，川途此去重重。

该报附刊又载：

南市孤军

英

当南市沦入敌手的时候，在炮声火光中，我们有六千名战士被迫退入法租界。这六千名战士都是为了保卫国土，保卫大上海而流过血，冒过险的。然而曾几何时，现在，能记到他们的，又有几人呢？他们这一批是最后离开南市的一批，当时因为没有法子退出，所以全体缴了械，退入法界去。租界当局给他们安插在六个不同的收容所，即西爱成斯路中国中学，马浪路浙江小学，霞飞路青年中学，徐家汇正风中学，劳神父路法科学校，善钟路正始中学。我们忠勇的战士从此便关进了牢笼，开始度着那幽禁似的闲暇，但也是万分无聊的岁月！他们每晨六时起床，两小时内洗漱整容。八时早操，九时就食，自十时至午后三时，可以随便行动，或闲谈，或唱歌，或曝日，或玩球。但不准睡眠，如遇天雨，可以闲读书报杂志。午后三时，即进晚餐，每日仅食两餐。供养尚称不恶，餐后又有四五小时的自由，至晚间八时熄灯就寝。他们不能接见任何访客，大概非至战事终了，是不能出来的！当夜阑人静时，战士们想起了满目疮痍的河山，想起了前线浴血杀敌的兄弟，想起了家乡流离失散的眷属，他们的人虽被幽禁在孤岛，然而他们的心是属于中华民国的，我们要几时才能救出这六千战士呢？

乡村并无诗意

田舍郎

……我上当了，上了一般文人、诗人的当。从前我未曾在乡村住上一月半载，只见文人的笔把乡村形容得如何美丽，花啊，草啊，树啊，茅舍板桥啊，吹笛的牧童和唱山歌的农夫啊，写来印在纸上，使人看了真有点悠然神往。诗人呢，更利用了他们的笔头上的技巧，连缀了许多漂亮而雅致的字眼，把乡村的地方吟咏得处处像桃花园中的景物。旧诗古文大抵如斯，新诗今文也依然差不多，非歌颂，即伤时，手头缺书少籍也，不必引证了。其实呢？乡村并无诗意，野草闲花富有诗意，但野草闲花丛中常有各种名称的毒蛇躲匿着。听阿婆说，前几年村子上有个小伙子，就不慎而被毒蛇咬中一口，不数月而夭亡，这是诗人们所不知的。牧童骑牛徐步田岸当有诗意，但打听打听牧童的身世，也就有眼泪的成份在内。村上德隆爷家的牧童雇三年只到手五块钱，太阳未出面就要起身喂猪、羊、鹅、鸭、割草等，寻柴也属他的本份工作。夜间空闲了搓草绳，打瞌盹，柴片兑现身上。有一天牛在田间发威，用角把他乱撞上，被撞得面青眼肿，回来还得受责。他是西村王寡妇的独子，若在有钱的人家，将怎样地被视同掌上珠呢？然而他是贫家的孤儿，被迫只得五块钱卖身做三年小奴隶了，这也是诗人们所不知道的。溪边垂柳遇风飘拂，当然颇有诗意啰。可是际此暑天，枝枝叶叶间正潜伏着无数刺毛虫，往往会落在头上或颈项里，刺你麻辣痒痛，苦楚难熬。诗人们未吃过这种苦头怎么知道？山麓公路，梧桐成行，峰回路转，樵子息停路旁，望汽车而出神，这又是绝佳新诗材料。可是目今公路，在乡农们已视为畏途，汽车所载的已不是归返故里的游子，却是黄衣黄帽的异国人。桥头阿黄之惨死，姨母村上一个大姑娘的被污辱，都是去冬在公路上的遭遇，这就比牧童，毒蛇，刺毛虫……更苦、更惨、更恐怖了。然而那时候保准没有诗人到过此间来找寻诗意的。写得太多了，或者有人要疑我故意对诗人讽刺。凭良心实无此意，我不反对写抒情文，吟抒情诗，不过老老实实告诉欢喜动笔头的人，直到现在我才发觉乡村并无诗意，或者从表面看来，乡村果然是“一幅天然美丽的图画”，实际的里层却处处溢着生活的疾苦和环境的恐怖。以前我出身都市，也只以为农村生活是恬静的，闲逸的，快乐的，诗意的，而经过了七个月的实践，才恍然大悟，此种理想全是梦境！全是受了许多描写乡村如何美丽，如何清雅的诗文的骗的结果。我希望你处此时代，毋徒事描写风花雪月，而多多揭发乡村农民生活的疾苦，好让在都市里吟吟嘻嘻的公子小姐们有所惕然警悟……

——录《新夜报》

也可以是我对于乡村生活的感想吧！

注释：

①徽州婚俗礼仪繁复，程序繁琐，礼节甚多，主要包括说媒、合八字、开礼单、及笄、打招呼、搬行嫁、迎娶、开面、哭嫁、发轿、拜堂、闹洞房、三朝、回门、望朝等。其过程大致如下，父母一般在儿女成年后（男满18岁，女满15岁），委托媒婆往来游说，巧言撮合，或由男方选定对象，委托媒婆前往提亲，其为“说媒”；女方如同意，媒婆就取得女方年庚八字（出生年月日时）红单送到男家，男方将八字置灶君座下，以测有无不祥之兆。若厨房三日内不失盘打碗，不缺瓢少筷，认为吉利。再将男女两方生辰八字送到算命先生处，看看是否相冲相克，其为“合八字”；婚事议定，双方即商定彩礼数，由女方开出彩礼单，主要为六礼：缔首、纳采、行（引）聘、请期、冠笄、迎娶六大项，其为“开礼单”；将要出嫁之女要行成年及笄礼，择吉日，女方举行盘发插簪礼，男方送冠笄彩礼，其为“及笄”；嫁娶日子一定，男女双方要各自向亲朋好友报告喜期，长辈亲朋须由父或母及新郎亲自携带果子包登门接请，其为“打招呼”；在迎娶的前一天或当天，男方需派人前往女宅搬嫁妆，嫁资中必备有马桶和灯盏。马桶中一般装有红枣、花生、鸡蛋，百子糕点，寓意“早生贵子”，其为“搬行嫁”；成亲当日，男方携带四色礼及梳妆包等，发轿前往女宅接亲，轿内放有新娘上轿穿戴的衣裙服饰，轿到女宅村头，鸣爆竹三响，女宅派出四人提灯至村头接轿并关闭大门，待媒人隔门送入大门礼、小门礼、门闩礼，然后鸣爆竹开门，其过程谓之“迎娶”；在迎亲的当天，姑妈或舅妈用两根丝线把新娘额头的汗毛绞去，其为“开面”；从换新衣开始，新娘即与母亲及其他女性尊长哭别，以感激父母的养育之恩，谓之“哭嫁”；按照事先定好的时辰，男方鸣放三声爆竹，抬轿出门，谓之“发轿”；花轿至男宅落地，新郎亲自迎至厅堂，即行拜堂礼，谓之“拜堂”；花烛酒宴散席后，亲戚好友聚集在新娘房里，用各种的方式逗新娘发笑或是出一些难题来捉弄他们，以此取乐，谓之“闹洞房”；吉期第三日，新郎新娘要拜见亲长，四跪四拜，长辈回礼赠红包，谓之“三朝”；此日，新娘回娘家探望，谓之“回门”；婚后请岳父母来女婿家作客，谓之“望朝”。

三　月

民国二十七年(1938年)

三月一日　星期二　气候:晴

昨夜我又那个了。

学校有信发来,时为在牯岭去年十二月七日发来的,此间为上月二十七日收到,在途中共行了两月余。不知何故,寄往呈坎,由伯父请祯祥姊带来。

乡间怪事多,隔壁邻人,鉴弟本家嫂,寡居多年,伊大伯欲卖其而为自己娶妇之资。此人之心,可想而知也。

晚间吓甚,谓有土匪来劫也。我等皆逃往外面,后闻乃非是,为虚警。我等皆饱受警吓也。

三月二日　星期三　气候:阴

昨夜大雨,并打[闪]电,大约是连日天气太热之故。

晨,鉴弟小姨之媒人——三姑婆来,告伊小姨与伊夫噪闹。想伊年龄太小,不能成其好事?我佯问鉴弟何事争论,鉴弟尚觉含羞,不肯明告,且言无事可说。若何无事?为何伊等呱呱不休也!俗语云:好事不谋人,谋人非好事。大约是新姑爷那物太大否?伊痛甚,吃不消也;抑系蓬门难开,无抵抗力也;真乃双峰紧闭,无问径之路否?

今日已将冯雄所著之《圬工》读完了。

三月十五日　星期二　气候:晴

昨夜我又那个了。

鉴弟陪夫人往祁村,当日返。

鉴弟之连襟来,请其明日往伊府吃饭。

下午偕鉴弟往邮局取报纸。

晚间有飞机过境。

三月十六日　星期三　气候:晴

昨夜我又那个了。

今日写信一封往徽城,托罗瑞霖兄代购小褂裤料等件。

今日舅母为我做短夹袄裤,用裁缝。

晚间仍有飞机过境。

三月十七日　星期四　气候:晴

近日天气似晴和,棉布[衣]可以脱下去了。

今日往许村购夹袄里料一件,不知价而取来了。

三月十八日　星期五　气候:阴

昨夜我又那个了。

今日鉴弟往许村购物。为鉴弟请其小姨夫妇等,次日来便酌也。

三月十九日　星期六　气候:晴

今日天色虽阴霾,似有雨,但未下。下午曾有阳光出现也。

今日鉴弟之小姨与夫同来午饭。乡人无礼貌,第一次来理应拜见尊长也。

今日鉴弟之丈母娘来,意为来探视爱女也。

晚间雀战,我大败,输去铜元三百二十文。

与鉴弟共眠,因伊丈母娘来故。

三月二十日　星期日　气候:阴

昨日似有雨意,但未降落。今日已不能忍了,细雨阵阵,终日未停。

今日为旧历二月十九日,观世音菩萨生日,舅母与其亲家母同往观音山进香[①]。

清晨，鉴弟之连襟来，请其丈母娘及大姨——鉴弟夫人——上门。继带礼物到伊府，为何伊家长者不带也？所谓欲装门面，又怕去钱也！

下午鉴弟小姨之小叔来送回礼，闲坐，闲谈其家中事。可笑其不知一句俗语："家丑不外传也！"

至许村邮局取报，未获而归。途遇鉴弟之丈母娘返祁村，鉴弟想送，我则返归。

下午忽然心中不快，不知何故？似乎欲病，全身皆无一点气力也。

注释：

①观音山进香：潜口村观音山旧有观音庙，庙址即今潜口民宅博物馆办公楼和宿舍楼所在的位置。主要建筑有灵官殿、龙王亭、院公泉井、八角亭、地藏王室、法镜台、观音洞、玉室阁等。旧时，农历二月十九、六月十九、九月十九三日，潜口村均要于此举办庙会，祭祀观音菩萨。以六月十九日庙会最为隆重，其盛况属徽州观音庙会之首。传说潜口的观音菩萨最灵验，诸如求学、求福、消灾、保稻等有求必应。每年观音会，绩溪、歙县南乡等地都要派迎神队来潜口接观音回村办"观音醮"，即从庙内买一张观音画像，涂拜后，到院公泉井里装一葫芦"圣水"，再将观音画像放在神轿内接回村，沿途经幡、锣鼓、爆竹、硝铳，好不热闹。如果所求有所应，来年还要送匾至潜口观音庙中还愿。至今，潜口村还流传"吃大王，卖观音"的民谣。

三月二十一日　星期一　气候：晴

昨日雨终日未停，但今晨忽又转晴了。春雨，欲晴可晴，非若冬雨之连绵不断也。

下午观他村——母山下等地——送汪公大帝[①]返许村，甚为热闹。旗子甚多，爆竹之声，一路不停地响着，闻按平时还要热闹得多了。徽地俗例，汪公曾有功于徽地，故各村各镇（徽州六县），每年皆纷往许村，迎请汪公大帝前往看戏也[②]。

注释：

①汪公大帝：指汪华（586—649），原名世华，字国辅、英发，歙县登源汪村（今属绩溪县）人。他在隋末天下大乱之际，为保境安民，起兵统领了歙

州、宣州、杭州、饶州、睦州、婺州等六州，称吴王。武德四年，率土归唐，被大唐皇帝李渊授予上柱国、越国公、歙州刺史，总管六州军政。汪华被江南六州百姓奉为神，喻为“汪公大帝”“太阳菩萨”“太平之主”。建祠立庙，四时祭祀。

②汪王祭：汪王祭的目的是保安，后世许多村镇多称汪王祭为“保安会”。人们认为，年年行汪王祭，如拥汪王生前坐镇六州，就能御灾疠，攘兵警，故虔诚为之。祭期多选在正月十八（汪华诞日）、三月三（汪华忌日），以正月十八为隆重。无论祭祀规模大小，举祭前都将汪王及夫人或其七、八、九子像抬入宗祠，供入宗祠享堂的临时神坛或龛座，与祖先一同接受子孙后代的顶礼膜拜。神像前长案桌摆祭品二十四盏，巨烛高烧，香烟氤氲。行祭时，二司仪高声喊赞，指挥八名喇叭吹手、二十四名礼生走各种队形舞拜，名之为“大抄场”。入夜，族人排班入祠祭拜、许愿、还愿，各呈供祭品。随后，徽戏灯棚班集祭厅唱戏酬神。拜祭后抬汪公菩萨轿、太子菩萨轿出游，有颠轿之风，谓之“嬉”。汪公轿行进平和，谓文而不武，太子轿颠得厉害，谓武而不文。有龙灯、竹马、地戏、舞狮等配套活动。户家多有乘会祭许愿、抽签，卜吉凶诸举。

三月二十二日　星期二　气候：阴

今日天雨，终日未停。

长日无聊，甚闷人也。

今日写信一封，往东地父大人处，问其为何多日不接其覆信？并告其校迁川，意欲往也。

三月二十三日　星期三　气候：阴

雨，昨日落了一日，今日仍然继续的下着。

伯父命伊内侄——罗觉先——送来信两封：一是李仲南由扬地寄来的，此信仍是去年十一月二十一日由扬州寄往牯岭转来的，告我接航空快信，并命代打听校中一切情形，师生之动态，伊尚不知我已离校了。一是周曾祚兄由汉口承康里十一号寄来的，告我已离浔地来汉了，并拟次日往川中求学也。再伯父附来信，告我打电[报]往东地之覆音已到，全家皆住东，祐弟仍在长，全家平安，心中稍慰了。

今日又接信一封,仍是周曾祚兄由重庆寄来的。告我学校本学期已于二月二十一日结束,下学期决与大夏分离,迁往北陪之黄桷镇——离重庆约百里!开学学费为三十五元,宿费五元,问我去否?我因家中问题太多,恐不能往也。隔两日拟去信覆伊。

阅三月十九日之《徽州日报》载:有敌军铃木部侵入南通江岸登陆之新闻一则。心为之急甚!不卜东地安全,可能得到否?

晚睡甚早,约七时余,因清晨起来太早故。

大伯命我早日去呈坎,备拜祖先,扫墓故。约定罗觉先与其同行,后日往也。

三月二十四日　星期四　气候:晴

今日天色已放晴。

去许村还衣料账。遇松戈告我,明日不往呈坎。

父大人信,今日寄出,用双挂号。

下午无聊甚,往探舅母等,采野草归。

三月二十五日　星期五　气候:晴

觉先及松戈今日忽来告,命我同往呈坎。闻之一怪,不去忽然又去了。使我匆匆理物,偕共同来呈地。

桂姊因避兵,来住此间,闻已有一月。

阅彬哥寄伯父信云,似责我不应离家来庐求学,使其个人吃苦。去年——来信是去年十二月的——下半年,伊送母大人来往扬、东是有数次,伊因此而对得起家庭。我觉似尤[犹]未足,伊人之心,仍有商量之余地也。小弟对于家庭,只在送人来往,避乱数次,而觉满足了教养之恩了吗?

三月二十六日　星期六　气候:阴

今日天空落雨,时落,时停。昨日来此,较今日来为便也。

学校今日又寄来课题——由重庆寄来的。

三月二十七日　星期日　气候：晴

伯父不察时事，尚有购置田地闻。可笑其愚也！

三月二十八日　星期一　气候：晴

晨，接父大人至伯父信两封。一是上月二十六日寄来，一是本月六日寄来的，计算时日，只有二十余天，尚觉其快也。信中云数月来之经过，同时告我等，我去之信已收到。两地相望之心，可安也！

接父大人信云：王正文之妇被奸。日人可恶，使伊将来何以为人也！

爱儿念慈，闻已断奶，仍有奶妈领带。

今日偕伯父及昆妇往稠墅祠堂祭祖，并往扫墓。过灵山、蜀源、东山、白杨下等地，而至稠墅。天气太热，但走来尚觉不过[够]吃力也。

去稠墅祠堂归返时，见呈坎潨川小学校门前，人甚多，不知何故？往探问，谓：距呈五里之汪村，侵占呈地山田，故而派兵向其理论也。伊处之人，尚欲抵抗。不知如何解决也？

三月二十九日　星期二　气候：晴

昨夜我又那个了。

见本月二十七日之《徽州日报》载：孙家埠①已失陷；津浦北段，我军反攻，甚为得利。

昨日接父大人信云：甚联，日覆。故今日覆其一信，告其回徽之路途，并告其拟仍去校就学。

注释：

①孙家埠：即今安徽省宣城市孙埠镇。孙家埠最初叫乌沙埂，是临江的几户渔民组成的小村落。当时村南住有一位姓孙的老翁，为方便行人，他在住处开了一个店铺，后来人们就称这个小村落为“孙家铺”。由于孙家铺河道水深而缓，过往船只、排筏日益增多，水运发达，孙家铺逐渐成为宣州以东的竹木、粮食、日杂、百货的主要集散地，孙家铺就改为孙家埠。1932年改名永宁镇，1946年称孙埠镇。孙家埠历来为军事防务重地。

三月三十日　星期三　气候:晴

伯父寄父大人信,今日始写好,下午寄出。

今日罗觉先兄往潜[口],带来瑞霖兄致我函。信中附布样两种,问我何所取?鞋料不知可能购到否?依我之穿鞋,与其比较,我觉自愧不如也。因我走路,不如其易于伤鞋故。

三月三十一日　星期四　气候:晴

今日阅本月二十七日之《徽州日报》,得悉东地已沦入敌手。现两下相持于盐城与东台之间,不知是何地方?此敌想是敌铃木部队。本月十九日《徽州日报》[载],由南通登陆,不过旬日,而东地失陷矣,闻敌[总]共不过一千余人。东地家人不知安全如何?我见之,五内交迫,心碎矣!眼中之泪,期然欲坠,恨问苍天,为之奈何!

伯父去邮局,[欲]取回昨日所寄之信。因已发出,未能取回,想不日即可返来矣。

写信一封,告鉴弟,东地已沦入战区,并问其为何不来?因我念也,故去信一探。

昨夜梦中得巴汇川兄一信,上书安徽安庆,安庆又划去,改书歙县呈坎钟英楼我收,下署"亚陈新凌",不知作何解也?又梦意由他国转,经他国之道转来,不知是何梦意也?

四　月

民国二十七年（1938年）

四月一日　星期五　气候：晴

今日为旧历三月初一日。

写鉴弟之信，昨日已交祯祥姊带往许村。

瑞霖兄今日寄来《徽州日报》两则——三月二十八、二十九日。大约告我等东地已入危险境界否？

在此终日无聊。伊等言我有耐性，坐守家中。我觉无法出此也。我非安静之人，环境使然也！

早间天色似又转阴，中午天色放晴，阳光四射。大约今日不会有雨下否？

四月二日　星期六　气候：晴

今日天色仍现阴霾，始有雨意，下午小雨。

四月十五日　星期五　气候：晴

阅四月五日之《东南日报》[①]：日军已进抵草堰[②]了，踞盐城甚近了，洋岸亦将沦为战区了。

此间——许村——今日往祖坟扫墓。

今日已将洪观涛所著之《道路工程学》读完。

此间，今日（三月十五日）做会。因时局不宁，改唱小曲。听来似觉昆曲，因无好喉音，故而不愿意多听了。

去许村邮局代办所取报纸，邮差已有数日未来了，故而空然而回。

注释:

①《东南日报》:民国时期浙江省党部机关报。前身是杭州《民国日报》(1927年3月创刊)。1934年6月16日改名《东南日报》,并成立"东南日报股份有限公司"。陈果夫任董事长,胡健中任社长,刘湘女任总编辑。行销浙江、苏南、闽北、皖南、赣东等地区,一度影响较大。1937年12月日本侵略军攻占杭州,报社迁至浙江省金华县。1942年受战局影响,金华版停刊。同年5月,分别出浙江丽水版和福建南平版。1944年丽水版迁至浙江省云和县,总编辑汪远涵。南平版总编辑钱谷风。抗日战争胜利后,南平版停刊。云和版迁杭州,许绍棣任社长。1946年6月发刊上海版,胡健中任"东南日报股份有限公司"总经理兼上海版社长,杜绍文任总编辑。1949年4月,杭州版和上海版均停刊。有副刊"沙发""笔垒""长春""大都会"和体育版。

②草堰:今草堰镇,隶属于江苏省大丰市,南与东台市毗邻,西与兴化市接壤。该镇是千年古镇,有1800多年的历史,古有"盐城"之称。这里河道纵横,交通便利,是古代盐运集散地之一。

四月十六日　星期六　气候:晴

今日天气晴朗,但风甚大。

今日鉴弟小姨由此路过,往富堨伊亲戚家,作第一次叩拜。闻在二十日返,再择日期与伊妹同往母家也。

下午拟往许村邮局取报,刚出村口,已有人取来,内有鉴弟寄给伊母信一封。

阅四月十四日之《徽州日报》载:由南通登陆之敌,约有六百人,现仍相持于盐[城]、东[台]之间。

报载:为伤兵医药而募捐,希望全国国民相助为祖国作战而受伤之勇士。由中央社东战场全体记者通告汉口《大公报》[①],由该报登载启示征求,其它各报亦相继仿而效之,向全国呼吁也!

阅报载:屯溪国民大戏院有京戏可看,另有《桃花宫》女子清唱部,有曲可听,外加魔术、四簧,每位只收茶资三角。真为其乐也融融,所谓乐者乐,悲者悲也[②]!

注释:

①《大公报》:1902年由英敛之在天津创办,是中国迄今发行时间最长的

中文报纸。“九·一八”事变后，随着日寇的大举侵犯，《大公报》主张抗日，并发表了著名记者范长江的西北通讯，首次披露了红军长征情况。为了应变，《大公报》开始筹备南方各版，1936年4月10日上海版发刊。抗日战争爆发后，《大公报》天津版于7月底停刊，上海版12月13日停刊。《大公报》同仁分赴各地办报，先后有汉口版、香港版、桂林版，最重要的重庆版自1938年12月1日起出版，销售量最高近十万份。它坚持抗日立场，鼓舞民心士气，对抗战宣传起到了一定作用。

②抗日战争时期，由于屯溪地处皖南腹地，交通闭塞，四周又有群山环绕，日军难以攻取。屯溪是国民党第三战区司令部薛岳的前敌驻地指挥部。加上国共合作，新四军军部于1938年初由江西南昌迁至岩寺，南方八省十三个地区的红军官兵在岩寺集结，整编组建“国民革命军陆军新编第四军”。屯溪一时成为军事重镇。当时国民党设在沪、宁、苏、皖的一些党政机关、学校等纷纷内迁徽州，时安徽省主席行署、皖南行署、国民党安徽省党部，沪宁苏皖大量军政机关等三四百个大小机关单位先后迁来屯溪，还有大片沦陷区的达官贵人、文人学士，也避难集中在屯溪、休宁、歙县一带。使时有二三万人口的屯溪，猛增至二十多万人口，机关、学校林立，商贾云集，一时屯溪有皖南“小上海”之称。

四月十七日　星期日　气候:晴

今日天气晴朗。在日光下，甚觉热人，风甚大，灰尘甚多。

长日无聊，翻阅歌曲谱，得《寒衣》曲，内有数句，可改为以纪念吾姊也：“穿起了夹袄子，记起了我的珍姊。记起了我的珍姊来，眼泪零零。记起了我的珍姊来，不能亲近。不能亲近，亲近！亲近！且把夹衣比爱亲，亲亲我的珍姊！”

的确，自珍姊故后，泪皆偷向内心流，我失去了灵魂，比死还难受——我怎样舍得你！

四月十八日　星期一　气候:晴

今日鉴弟小姨夫妇由富堨伊之亲戚回，过此小坐。午饭后返家。

今日写信一封给鉴弟，覆其来信。告其信上所言，已皆做到，不必如此琐碎也。

今日返许村，送鉴弟之信并取报纸，未获，仍空然而返。数日未见报纸，不知前方胜利如何也？

今日因阅《说岳全传》，将字忘却写了，书亦未读，终日未正实[式]做一事。

四月十九日　星期二　气候：阴雨

今日已将张树森所著之《平面测量学》读完。

清晨起身时，见天色阴霾，似有雨意。约至中午，雨确来临，入晚未停。

乡人因连日天气干燥，田中无水，不好种耕，甚盼雨之来临也。

四月二十日　星期三　气候：阴

昨日大雨。今日雨虽停，但天色仍未有放晴之希望，不知可再有雨来否？

清晨忽闻人言，阅报载东地已收复，不知可确否？待证。

昨夜我又那个了。

今日鉴弟夫人约伊妹同返母家，伊妹未来，由舅母伴其往也。闻舅母送伊回来言，伊等曾往湾里伊府寻伊，同去伊母家，伊夫亦同往。

命数人往许村取报，皆未能取来，可恶也！

四月二十一日　星期四　气候：晴

今日天气已放晴，阳光照射，甚觉和暖也。

今日已将陈希周所著之《英文报阅读举隅》(a guide of the study Jounalistic English)读完，内容皆是日常应用之文字，诚如本书例言上所言：可供学习、阅看英文报纸者自修之用。若能稍有心得，将来阅读英文报纸之时，可以有帮助也。

为逃难而无家可归，来此乡村，日与跟牵牛屁股的人们混在一道儿，甚觉与他等语言无味，终日枯坐，惟一消磨之事只有读书耳。

下午往许村邮政代办所取报纸，并得信两封：一是鉴弟由万安校中寄来的，因本学期仍读上学期课本，故而来信请我将所须[需]要之书寄往，以供应用也；一是二舅父于三月二十日由东地寄来的，告我等东地平安。但此信早写数日，若迟写数日，我们得此信，可以心安了！现心仍未能定，希不日有平安信来告也。

四月二十二日　星期五　气候：阴晴不定

昨接舅父来信告，祐弟已去东[台]，命我往告伯父大人放心。我因伊等可恨，决不告知，使伊等，尤其是祐弟妇，多多思虑也！

舅父告我，念慈爱儿甚好顽，命我释念。无母之儿，生来未得母爱，今又遭国难，使伊小小心灵，初生即遭如此之命运！

阅四月十六日及鉴弟来信告云：报载扬州邵伯仙女庙之敌，因不堪游击队袭击，已有渡回镇江之意。江南各地敌军，因不堪游击队的袭击，京沪路各站，集中军队甚多，以戒防我袭击也。南通、如皋、靖江各沦亡之地民众，共举义旗，以抗强暴之日军，为驱逐强寇，助我英勇将士之成功也！

昨夜我又那个了。

清晨天色阴霾，曾有阵雨，忽又转晴，阳光出现，忽又阳光收合，转为阴昏，整日阴晴不定。地下甚潮湿，恐仍有雨来临也。

今日为许村前董事大出丧，村人皆往观看。我因懒于行走，未往观也。

今日在门前闲眺，忽见有卖报童子，购来报纸一则，阅之，为在苏州，现返往金华之《正报》。阅悉峄县[①]已突围图逃之敌寇，闻不日在台、临、枣线有第二次大会战之举。我军已增援备防，不知鹿死谁手也？

注释：

①峄县：旧县名，因葛峄山而得名，地处鲁南边陲，北依沂蒙，南视江淮。秦置峄县，鲁南三大县(邹、滕、峄)之一，建国后一直沿用到1960年，现为枣庄市峄城区。

四月二十三日　星期六　气候：阴

昨夜我又那个了。

今日天气又转阴霾，细雨濛濛的下着。我要等待晴朗的天气晒棉衣都不可得，老天真可恶，与我作对头，不知等待到何日也！

四月二十四日　星期日　气候：阴

今日天气阴霾。晨，曾有阵雨。下午天色转晴，阳光一现即没。傍晚气候，忽凉甚，不知何故？

今日得张宗英兄由湖北枣阳大北街文华公司后进澎宅来信，系上月二十日寄来，今日始收到。告我伊已还乡，因家事不能出外读书，问我可去四川就读否？并告我枣阳已划入战场，为防守武汉之第三道防线。因此故不能请我去盘桓也。

今日去鉴弟一信，附伊父大人信。告其来信收到，所要之书已检出，交便人带来。伊府中事，奉伊母命，告其放心。我随意写来，骂伊丈母娘，恐其要怨否？

四月二十五日　星期一　气候：晴

阅四月二十一日报载：敌我两方，在各战场无大变化。惟津浦北段，峄县之间，恐不日有大战也。

因阅闲书，忘却写字了。

歌得原著，郭沫若译之《少年维特之烦恼》，想数年，因其为译本，恐无多大意味，欲阅未阅，已数年矣。日作无聊，搜来读之，觉此书无多大特长处，不见其奇特，也甚平淡，与常书等。不若如彼书《序》中言，此书出后，世界为之嗥然。大约我无欣赏文艺之佳境也。

今日又因阅闲书，而忘却写字了。两日来未临一字，可恶我无耐性也！

今日天色已放晴，但气候仍未见转和暖，似仍凉甚，所加衣服，尚未须[需]脱去。

舅母因我在此，不好出外采笋。我亦无意在此，终日无聊甚，但苦于无[国]难，不知何日始可出外也？心中为之怅甚！若父大人两千元之款收到，我决往蜀中续学。但愿老天念我，使我有之收获也。

四月二十六日　星期二　气候：阴雨

今日天色阴霾，晴在初晨，而旁午忽有细雨濛濛了。真可恶，如此神鬼不定之天色也。

昨夜忽心中烦闷，欲作呕吐状。今日仍未愈，心中仍觉欲呕吐之意。

四月二十七日　星期三　气候：晴

今日有人来告云：阅四月二十五日之《徽州日报》，江南战场我军失利，已过孙家埠，而向宁国退却。不知可确否？但念伊人所言勿确！

今日差人往许村邮政代办所带来月之二十二日《徽州日报》，阅各方战况皆说，尤其是我军攻宣城甚为得手，不日当有捷音可听也。

鉴弟夫人言，今日由母家回。刻已中午，尚未见其回来，天又落雨，想今日不来了。

四月二十八日　星期四　气候：晴

晨，天色阴霾，旁午已放晴，阳光初现，恐雨神暂不来临否？

鉴弟夫人确昨日来，闻先送伊妹回府午饭，饭后归来。

所谓芝富嫂，人甚轻佻，初见之，即觉伊人非正也。后闻人言，伊出身微贱，曾为娼。昨日代我取报送来，伊人见我，似觉勾引。我乃佯作痴聋，未睬伊也。伊无味甚，怅恨而去。伊将笑我无情否？但不知伊不足我一盼也，可厌伊人淫荡如此耶！

今日下午去许村邮政代办所取报，未获而归。途中小店，讨来二十五日之《正报》，得悉宣城仍为我军争夺之目标，并为稍退。昨日伊人所讲误矣，伊人不知为何讲出此种话来？

敌军因攻津浦正面，数月未能攻下，转而攻侧面，有向郯城进发，图犯我陇海东路。我已调重兵迎击，想不得为其所乘也！

四月二十九日　星期五　气候：晴

昨日想写信数封，因懒得写，先将信封写好。今日拟写两封寄出也。

今日写信四封：一至沪地周曾棫兄，问其为何不购日记，何又代我宣传告诉他人也？并请其代探东地消息；一至鉴弟，告其书已寄往，并问其托买之书，可以购到否？一至汉口梅叔平、鸿铭兄，问其最近如何打算？并托其告我情形，使我将来到汉，得一见境[况]也；一至枣阳张宗英兄，覆[复]其来信。此信拟下午往许村寄出。

今日伯父送桂姊由呈坎来。午饭后，伯父仍返呈坎。

四月三十日　星期六　气候：晴

晨，天色阴霾。旁午天色放晴，阳光四射。

昨晚由舅母将信取去，清晨在我未起身前，送往许村邮局，交邮寄往各地了。

今日接鉴弟信，内附催泪性毒气，给我等见识一下。此物为伊校中请人演讲关于毒气之制作，表演用者。此物皆为化学药品组合而成。战争之惨酷，尤至于此也！

鉴弟因接我信，言伊母发怒之意，而向其求恕。是我多言，伊等不知，以为是我挑唆也。此后自箴，勿多言！

汉口《大公报》今日已寄来，上载消息，当较各地方报好得多了。潜口小邮局，尚觉不错也！

今日因天气不好，衣服未晒，只晒了一日（昨日），就此算了。同时整理书籍及衣服，备次日往呈坎也。

今日为旧历四月初一，乡里俗例，新嫁姑娘第一年，母家皆送染乌之米，送往婆家，谓之乌饭节①。此事对于乡里，甚为重视也。

今日偕桂姊来呈坎伯父处，途遇军队过境，桂姊吓甚！待军队过去，始行。

鉴弟昨日由校返家，因向联保主任取学校往贴证明书。故桂姊因伊来家，不好住彼，故耳急急今日来呈坎也。

今日天气甚好，无强烈之阳光。对于旅行之人，甚为方便也。

注释：

①乌饭节：民国《歙县志》卷一《舆地·风土》中记载："四月之朔，凡新嫁女之家，必采南烛叶，染糯米作青精饭，以馈婿宅，分赠亲友，名乌饭节。"乌

饭又称乌饭团、青精饭、乌精饭、南烛饭，是用乌饭树叶汁浸黑的米蒸成的饭团。制作乌饭的米一般以糯米为主，掺入部分粳米，蒸煮后乌饭乌黑发亮，清香扑鼻，香润可口，别有风味。医药学家李时珍在《本草纲目》中载："摘取南烛树叶捣碎，浸水取汁，蒸煮粳米或糯米，成乌色之饭。久服能轻身明目，黑发驻颜，益气力而延年不衰。"

五　月

民国二十七年(1938年)

五月一日　星期日　气候:阴

今日天气阴霾,有雨。昨日来此,甚好也!

今日此间有军队过境,因雨住此一宵,次日往许村过岭。

今日为国际劳动节,各工厂皆停工,工人皆以今日为最可纪念之日也。

今日为旧历四月初二日。

今日鉴弟因雨阻,未过此往万安校中也。

今日阅《徽州日报》:津浦线北段二次会战,首次捷音,我攻克郯城[1]。

注释:

①郯(tán)城:东临东海县,西邻邳州,南与新沂交界,北与罗庄接壤,东北毗邻临沭,西北毗邻兰陵。其为山东南大门,苏鲁之通衢,具有重要的战略位置。现隶属于山东省临沂市。

五月二日　星期一　气候:阴

今日天气仍现阴霾,细雨终日未停。

今日鉴弟冒雨由许村来此,往万安。我所要之物件,已着人挑来了。

今日仍有军队过境,住此,次日行,过许村。在此皆寓民房,祠堂皆满了。此处独免。

今日因昨日为五一劳动节,报纸停刊,未获一观。不知前线胜利消息如何也?

向伯父说起读书之事,伊似为经济关系,不允其前往也。当此时机,不从速早日读完,早日可以谋身[生]也。伊人不知世情,书可不读,田可购，完全乡愚无知，真令人可恶也！与其言读书事，真乃对牛弹琴！其耳永不可进也，使我无法可想也。真令人急甚！

五月三日　星期二　气候：阴

今日天色已放晴，但阳光未见放足。

今日仍有军队过境，住此间。此地仍独免其光临，可幸也。

今日闻报纸未取来。

终日无聊，入晚即睡觉。心中忧闷万分，不知何日可以出外也！

五月四日　星期三　气候：阴

今日天色仍现阴霾，延至中午，仍未见有雨来临也，不知可能不落否？

今日开始写字，大、小楷各一张。

今日阅报载：我军二次围攻郯城，津浦北段，日军又死伤万人了。连日南段又现紧张，想日军为策应北段进攻故。宣城之敌，似有崩溃象。

今日报载：鲁南会战①，全世界皆注意及之，敌我两方展开血战，不知鹿死谁手也？深愿我军捷报早传，杀退强寇，早日恢复河山也！

今日五四学生运动节。

注释：

①鲁南会战：即徐州会战，时间为1938年1月至5月，中国第五战区部队与日军华北方面军、华中派遣军各一部，在以江苏省徐州为中心的津浦（天津至浦口）陇海（宝鸡至连云港）铁路地区进行的大规模的防御战役。其中，三四月间的台儿庄大战最为著名，围歼日军一万余人，史称台儿庄战役。徐州会战日军动用8个师、5个旅，约30万人，中国参战部队前后有70个师，约100万人，历时5个月。这次会战在李宗仁的直接指挥下，经全体官兵的浴血奋战，钳制和消耗了日军有生力量。中国军队以伤亡6.5万余人的代价，击毙、击伤日军2.6万余人，予日军以巨大打击。徐州会战，是抗战开始后中国军队在正面战场上取得的第一次大胜利，使日军遭到自新式陆军组建以来的第一次惨败。极大鼓舞了国人坚持持久抗战的信心和决心。

五月五日　星期四　气候:晴

今日天色已放晴,气候和暖,有入夏意了。

今日由许村邮政代办所转来汉口《大公报》等三则,此后想当源源寄来否?

想向桂姊借款,因含羞,始终未好开言也。

今日军队因迷途,未来此间,故而得安静一日。下午出外闲步,以殊[抒]数日来在家未出外之苦闷。

今日阅报载:鲁南战事尚佳;江南我军亦大捷,得京芜之间的当涂,闻宣城指日可下了。江北战事,则反之,步步皆失利,日军已进抵盐城,侵上冈,而欲得阜宁,备为取东海之准备也。闻我军在上冈以南,与日军相持。

阅之,心中急甚。一家之人皆在战区之中,只有我个人逃出了,亲友亦相继为敌人之俘,继我家而入为战区了。此间无信息可通,不卜安全如何也?

五月六日　星期五　气候:阴晴不定

近日来天气骤变,热甚,夹衣也不可能上身了。今日天色又转阴,夜间曾闻有雨声。晨,天色放晴,出现太阳,转瞬又没,大雨如注。忽停,阳光又出现,时晴时雨,所谓神鬼天也,想系要入霉[梅]了。

今日旧俗立夏日①,乡俗每人皆要吃鸡蛋,可以不注[疰]夏也,不知可对否?

桂姊因款无多,只借来五元。

桂姊今日去潜口料理家事,小孩未带去,闻三五日即来了。

今日已将张含英所著之《水力学》读完,题目甚难做,有许多解则不懂也,不知做报告如何做法也?心中亦为之急甚!校中功课,一样都做不成功,且又加之下学期仍进校否未定,心中也不起劲来做也。

桂姊去而复返,因又有军队故,后仍往也。

今日仍有军队驻扎此间,在此息宿,次日他[它]往也。

注释:

①立夏日:俗称交夏、高夏。多数地方以新鲜蚕豆、新麦面筋、樱桃或青

梅供神敬祖。城乡均有吃苎叶馃、鸡蛋、蚕豆、豌豆及“秤人”的风俗。苎叶馃用野苎叶捣汁和糯米粉加糖蒸制而成,苎叶有清凉解毒的作用,吃了可以防止生疖长痱。苎叶馃又称“立夏苎”,有“吃了立夏馃,农事急如火”之谚。吃鸡蛋时,要将鸡蛋从门槛上滚下,让孩子拾起来吃,意思是孩子像蛋一样经得起摔打,易长易胖,不“赖夏”。用嫩蚕豆或豌豆和鲜笋、肉煮糯米饭吃,谓之“尝新”,以盼好年岁。秤人是看一个夏季后,体重增加或减少了多少,是否“赖夏”。秤人忌讳100斤,一百太满,满招损,掌秤人遇到体重恰好100斤的,要多报或少报。

五月七日　星期六　气候:阴

昨晚我息在桂姊床上,因伴根甥眠也。

今日天色仍阴霾,有阵雨,恐近日不会晴也。

昨日报纸,今日始阅到,各路战事无变化,仍如前状。

各地因抽调壮丁,又形紧急。无知之人,皆吓甚,设法逃避,可笑也!古谚云:国家兴亡,匹夫有责也!

今日阅报载:各路无变化,江南战场,我军大捷,已得德清,近抵杭州不远矣。

五月八日　星期日　气候:晴

今日天气晴朗,但无强烈之阳光。

今日接许村邮局第二次转来之报纸。

今日阅报载:江北我军围攻监城,日军因感后路为我军断切,不敢前攻,分向后撤,我军乘势追击之。

五月九日　星期一　气候:晴

今日天色阴霾,但未雨。

上午皆在读报中过去,未做他[它]项功课。

在报上,得到汉口数处旅社及地址,亦为他日去汉逗留之准备。

今日为“五九国耻纪念日”[①],数年来之耻辱,今可生雪了!

今日阅报载:日军向阜宁进攻,由我军抵御之,阜宁可保无虑。此消息可证东台、盐城等地皆沦陷矣。

注释：

①"五九国耻纪念日"：1914年，第一次世界大战爆发，日本派兵占领德国在中国山东的殖民地和铁路。中国提出德国直接将山东权益交还被拒，于是决定保持中立。当时美国注意力已转移至欧洲，欧美各国无暇东顾，而英国则希望日本能成为其在远东的盟友。日本于是在8月对德宣战，出兵占领了德国在中国的势力范围——山东半岛。1915年，日本秘密向袁世凯政府提出《二十一条》要求，要求中国承认日本取代德国的特权，进一步扩大日本在满蒙的权益，意欲独占中国的权益。1915年1月18日，日本公使向中华民国总统袁世凯直接提出二十一条条款，并要求中国绝对保密。1至4月，袁世凯一方面派外交总长陆征祥、次长曹汝霖同日本谈判，一方面暗中逐步泄露内容，希望获得英美等国的支持，以抗衡抵制日本。中国的谈判代表多次拒绝条约要求中的部分内容，迫使日本作出让步。在谈判期间，日本以"换防"为名，增兵大连、青岛、塘沽等地，进行武力威胁。中国国内亦出现反日情绪，日本则以武力威胁中国。至5月7日，日本政府向中国发出最后通牒，限令于9日前答复。其中仅把原来的第五号内容改为日后另行协商。在日本的最后通牒之下，最终袁世凯政府被迫派外交总长陆宗舆及次长曹汝霖，在5月9日晚上十一时签署接受二十一条大部分的条款要求。条约签订后，袁世凯亲书两道密谕，要各省文武长官勿忘签约的5月9日为国耻日，密谕号召"凡百职司，日以'亡国灭种'四字悬诸心目"，"申儆人民，忍辱负重"。全国教育联合会决定，各学校每年以5月9日为"国耻纪念日"举行纪念，借此警励国人毋忘此日，誓雪国耻，这一天被民众称为"国耻日"。

五月十日　星期二　气候：晴

今日天色虽晴，但无阳光。

今日开始练习德文字母，以备他[它]日学习之准备也。

今日报载消息沉闷，前线无变化。

今日报载：国联开会，中国代表将重提出关于日本侵略我国之事件。但国联已形成傀儡组织，根据前两次开会之证明，恐无非出一纸空文，对事实无补也！拭目以待，消息如何？

近日欧州局势甚为可观，英义[意]同盟，进而法义[意]又欲成立新协定，德义[意]亦已开始谈判，希特勒之访义[意]，欧洲外交恐将引起大的变化了。

近日我国舆论，因英义[意]同盟两国之条件，为英承认义[意]之吞阿比西必亚，义[意]承认地中海之霸权及撤退西班牙之自愿军。因我国与英甚为亲善，英义[意]妥协，又利于远东。同时中国对阿国问题之本身，又丝毫无利害可言，所以中国政策，不决于对义[意]、对阿的关系，而由其对国联，对否认满洲伪国之重大立场，及对英之亲善关系而定。简言之，须始终拥护否认日本侵略中国之不变立场。但亦不妨碍英义[意]妥协之实现，将来如何实际表示，想我外交当局定已有适当之方针。——四月十六日《汉口大公报》。

五月十一日　星期三　气候：晴

英义[意]妥协之惟一条件，即为英之承认义[意]并阿。昨日阅报载：英忽反言，其原因阿王仍想恢复王位，恐为无进展之可能，故而忽行反悔了。

今日伯父去潜口接桂姊回。下午大伯个人返，并带来物件，闻言桂姊尚有一两日之逗留。

今日报载消息无变化，恐是稳定性质，前[线]战[事]恐不吉利也！

五月十二日　星期四　气候：晴

昨夜我忽又那个了。

今日为旧历四月十三日，为我爱[妻]逝世之纪念日。

今日因无聊甚，阅闲书——《血海潮》，未做功课。

今日报载，果不出我所料，津浦南段，消息不利，我已失蒙城。余者无消息，恐也不见佳妙！

罗慈祥兄由沪地回，告我由沪地动身，经过宁波，溪口、嵊县、东阳、兰溪、淳安，而到此间。伊人已忘却数年前，与伊在镇江会晤，一夕同眠之事矣。所谓贵人多忘事，又不觉其贵也！

今日伯父房东之子——罗时均——由潜口回，云桂姊因待瑞霖兄，明日来。

我与珍姊的结合,可以说是有缘。定了,十余年不死,独来我家两年,而留一纪念物(爱儿)而亡,可以说是与我已经缘尽了。

五月十三日　星期五　气候:晴

今日接两信:一是鉴弟由万安寄来,告我为皖南举行雪耻兵役宣传周,由万安来屯溪之经过。并云天雨,校长为表示精神起见,不准带雨具,因之大家皆如落汤鸡。回来校长反悔食言,受同学之气,因之面红耳赤,言其不能以身作则。试问何人可以以身作则也?皆不过是官样文章耳,教育之清高,亦复如是也!一是父大人由东台寄来的,系三月十三日发来的,迄今两月始可收到,信件传递如此之慢也!父大人深恐我在此焦急,命我保重勿烦。父母爱子之心,无微不至。不知近日伊等逃避何所?何能使我安心也!言之,伤甚!

今日桂姊夫妇由潜口来,带来我之衣料。见之,使我大不满意,土极了,不知如何穿法,我曾不愿意做了。绸不像绸,布不像布,货太劣了。鉴弟要请伊购漂白洋布,我想大可不必,托人买不出好货来,或是大伯命其买得丑些否?

五月十四日　星期六　气候:阴雨

今日天色阴霾,大雨终日未停。

今日因雨阻,报纸未来。

五月十五日　星期日　气候:晴

今日天色晴朗,但气候热甚,有人夏之气象。

伊等约我打牌,我心中不高兴,未恳[肯]打。

今日忽思念父母大人等,眼中不觉泪坠。常[长]期住在外面,此是第一次。终日在此苦痛万分,不知何日始可出外也!

今日阅报:我军攻克巢县,已进逼合肥。国联开会,我代表顾维钧[1]博士提出,暴日之无人道,施用毒气,请大会各国代表制止之。大约也是一纸空文耳！

阅五月八日之《正报》载：华中、华北两伪组织，将于七月一日合并为一，设立正副总统各一人，南北各一，由徐逆世昌，曹逆锟任之，余者国务总理为王逆克敏，外交总长为王逆揖唐等奸贼任之。傀儡登场，幕后穿针引线皆为暴日，可不言而得知了！贼等伤心病狂，不念国家、民族也耶？

注释：

①顾维钧：字少川，1888年1月29日（清光绪十三年十二月十七）生于江苏嘉定（今属上海嘉定区），中国外交家。初入旧式私塾，后于1899年考入上海英华书院，1901年考入圣约翰书院。1904年入美国哥伦比亚大学，专攻国际法及外交，获博士学位。1912年回国后，任总统秘书、内阁秘书、外务部顾问和宪法起草委员等职。1915年起历任北洋政府驻墨西哥、美国、古巴、英国公使。1919和1921年作为中国代表团成员出席巴黎和会和华盛顿会议。在巴黎和会上，就山东的主权问题据理力争，以出色的辩论才能阐述中国对山东有不容争辩的主权，为维护中华民族的权益作出了贡献。1922—1926年先后任北洋政府的外交总长、财政总长、代理国务总理等职，其间，于1924年5月曾代表中国政府与苏联签订《中俄解决悬案大纲协定》。1931年“九·一八”事变后，以中国代表身份参加了国际联盟李顿调查团，调查日本帝国主义在中国东北的侵略罪行。1932年起先后任驻法、英、美大使和驻国际联盟代表等职。1945年6月，出席旧金山会议，参加《联合国宪章》起草工作并代表中国在《联合国宪章》上签字；其后任国民党政府驻联合国代表。1956—1967年，历任海牙国际法庭法官、副庭长等职。退休后定居美国。1985年11月14日在美国纽约逝世。顾维钧晚年口述了600余万字的《顾维钧回忆录》，该著作成为研究中国近现代外交的重要资料。

五月十六日　星期一　气候：晴

今日阅报载：前线最高参谋长对记者谈话，万一徐州失守，对于抗战全局无关等云。

今日忽接东地来信，阅之喜甚。此为东地沦亡之后寄来安信，望穿秋水，似从天降，心中之喜悦可知也！兹将信中原文抄录于日记中，以为他日之纪念也。此信途中约有一月，并不觉其慢也。

正面：安徽歙县北乡呈坎钟音楼，汪伯循大哥台鉴，汪仲英由江苏泰县寄,四月十六日。溱潼邮局邮戳为二十七年四月二十一日。

反面:弟及全眷现在均平安,荫佑不久亦来信述好。我之住址,仍在原处。恐劳远念,故通讯奉告,并问近好!此信四月十六日发。

今日接许村转来第三次报纸。

五月十七日　星期二　气候:阴雨

今日天色阴霾,终日细雨蒙蒙。

有人邀我雀战,我因为心中不高兴,又因恐伯父说我,故耳未允。但替他人代打数牌,也可以过瘾矣。

晚间,忽有人命我作纸牌戏,无可推却,大负,输去币两角。

今日未写字,阅书。

今日阅报纸,厦门已克复,敌人已乘舰他[它]去。

五月十八日　星期三　气候:晴

今日天色已放晴。

今日又未写字,读书。

今日报纸,因闻消息无多,故耳未阅。

今日瑞霖兄已去城。

今日阅五月八日之上海《大美晚报》①载:我军于津浦线有军队八十万之众,浙江、安徽、江苏等之军队,尚不在内,此数省约有百万壮丁之多。器械虽不如人,而精神则倍之,胜利之门,不难在望也!

注释:

①《大美晚报》:《大美晚报》(Shanghai Evening Post and Mercury)是20世纪上半叶美国侨民在上海发行的一份著名英文报纸,1929年4月16日在上海创刊,前身为《大晚报》,英文初名Shanghai Evening Post。1930年8月13日,合并英文《文汇报》后,英文报名改称Shanghai Evening Post and Mercury。该报以旅沪美国侨民为主要读者对象,着重报道美国和其他西方侨民在中国的活动。每日下午出版,14页左右。报馆设于爱多亚路21号(天主堂街口,今延安东路、四川南路口),位于法租界内,面对公共租界。1931年美国记者高尔德任总编辑。美商友邦保险公司董事长C.V.史带任发行人。1933

年1月16日，《大美晚报》增出中文版。1937年12月1日，又增出中文《大美晚报晨刊》，经常发表宣传抗日文章。1939年8月30日下午，《大美晚报》中文版副刊《夜光》编辑朱惺公(1900—1939)因宣传抗日，连载《汉奸史话》被暗杀。此后，《大美晚报》连连受到威胁，但仍坚持出版到太平洋战争爆发，高尔德返回美国。1941年12月日军占领租界后，接管《大美晚报》，作为占领军在上海的英文报纸，后更名为《上海报》。1943年高尔德到重庆恢复《大美晚报》。抗日战争胜利，《大美晚报》由美国随军记者玛诺主持复刊，前主笔高尔德返沪主持报馆事务，聘吴嘉棠、袁伦仁为编辑。日出两大张，对有关美国商情消息报道迅速翔实，广告也以美商为主。1949年6月下旬停刊。

五月十九日　星期四　气候:晴

今日得阅上海之《字林西报》①(North China Daily News)，五月八日，不能全看懂。数年所读之英文，不知如何读法也，可愧也!

今日《徽州日报》未来，不知何故?

今日勉强写了两张字，读了两页英文。

注释:

①《字林西报》(North China Daily News)，又称《字林报》，前身为《北华捷报》(North China Herald)，曾经是在中国出版的最有影响的一份英文报纸。由英国商人奚安门1850年8月3日在上海创办《北华捷报》周刊。1856年增出《航运日报》和《航运与商业日报》副刊。1864年《航运与商业日报》扩大业务，改名《字林西报》，独立发行。《北华捷报》作为《字林西报》所属周刊，继续刊行。主要读者是外国在中国的外交官员、传教士和商人，1951年3月停刊。

五月二十日　星期五　气候:晴

昨日报纸不来的原因，闻送报人(子锡舅)言:为消息登载错误，司令部——大约是屯溪戒严司令部否?——禁止发行，故昨日无报。总馆已将此原因函告各分馆，故我等得知此种原因也，不知登载是何消息错误，令人怀疑也! 近阅前方消息沉闷，恐前线我军战况不利吧?

今日写一信告知鉴弟，欲购漂白洋布，可直接函购。并问其杂志为何不寄来? 并告其杂志名及发行所在地，命其可订。

今日阅报载:消息无多，使人不着边际，不知战况如何，令人惴惴不安也！

缝衣匠替我所做之衣服，已做成，共褂裤两套，短裤三条。此布与土布无分别，夏令不知如何穿法！此间又较外间热甚，真令人气恼也！悔不该不将衣服全带出来也，现在求人做出如此宝货来也。

五月二十一日　星期六　气候：晴

晨，天色晴朗，并有阳光出现，傍晚忽乌云掩盖，大雨终夜未停。

往观邻家做阴寿①，徽祭今日看到了，不过如此耳。

今日阅报载：我军奉令于十九日晚退出徐州，暴日打通津浦之梦成矣。此后徽里也非安宁土，因暴日恐由此进攻江西，图得汉口也。但我军决不减少抗战之心，仍继续挽回危局，打走侵略者。

我空军首次飞往日本，尊[遵]照国际公法，不杀无辜之非战斗人员，并未投弹，只散发传单数十万份，于任务完成后，安然飞返。

闻放弃徐州，我心急甚，从此东地之消息断矣！在此欲走不能，中心急甚。困龙无水，何日上升也！

注释：

①做阴寿：已故长辈逢十生辰，由晚辈上坟拜祭，称做阴寿、贺冥寿。贺冥寿以儿子媳妇、女儿女婿为主，儿子媳妇、女儿女婿及至亲外孙（女）、侄辈均须准备纸扎衣箱担，配偶双亡者为双份。即：红绿箱担各两担，内装纸糊衣裤裙各两套，纸糊黑色靴鞋两双，纸糊黑色礼帽两顶，还有锡箔元宝、黄表纸、素香、蜡烛、爆竹。每担箱都有封条，一箱为受纳条，竖写四列，右写"上献"，左写"奉祀"，中间写"先考（妣）××郡××府君（安人）×公（氏）冥诞受纳"，上献下方写"谨具冥箱一担"，奉祀左下方写"子××孙××顿首百拜"，箱上贴祀期条，竖写"农历××年××月××日封"；祭品一家一份，每份6碗、9碗或12碗，以亡者生前所好，荤素皆有，红烧肉、红烧鱼、红烧鸡、红烧豆腐、油炸鸡子饼、肉圆、炒粉丝、红烧芋头、炒肉丝、粉蒸肉、油煎豆腐子、豆腐角、包等。下午上坟贺祭，子、女、侄等按序将祭品摆开，燃香烧纸，放爆竹，焚化箱担，洒酒三杯。先子后女，率全家行三跪九拜礼。待衣箱担烧完，爆竹放完，再行三跪九拜礼。冥寿贺实不贺虚，贺到冥寿九十九年，百岁以后不再贺冥寿。

五月二十二日　星期日　气候:阴晴不定

昨日旁[傍]晚雨,夜间未停,今晨仍降。入午,雨住,天色渐放晴,路石现白色,单鞋可行了。

闻人言:前战之军队,因不受命令努力抗战,将其调回,在本县缴械解散了,闻为四十九师,不知可对否?此时尚有如此痛心之事发生,国事已至如此地步,尚不知抗战之何在,可恶也!伊等如此不前进而退缩,戮之,不足惜也!

今日阅报载:我军与敌相持于兰封(河南)之野鸡岭。

启祥兄来告:云宁波已封锁,遥闻温州亦已封锁矣。伊欲回返沪,恐不可能也,伊也觉可急也。

五月二十三日　星期一　气候:晴

今日接瑞霖兄来信告,中国银行——歙县——已迁回原址办公。我已早在《徽州日报》上[见]登载伊行之启事,于本日开始营业,换期恐不劳我步否?

今日阅报载:兰封等地相继为我克复。

今日阅报载:广告栏内景德镇新开中央饭店。记之,以为他日去赣之准备也。

今日阅报载:欧洲局势紧急,战事迫于眉睫,原因为捷克边防军枪杀日耳曼人两名。德国前曾有言,驻外国之日耳曼人,德国有保护之义务,因之,恐引起德国出兵责问捷政府。捷为与法之条件关系,捷引起战争,法将出而助之。如此欧洲各国恐将引入漩涡,现正观察柏林之举动如何也,不知可能避免否?阅明日报可知一二了。

五月二十四日　星期二　气候:晴

今日天色晴朗,气候尚觉和顺,无酷热。

今日报纸又未到,不知何故,又是登载消息错误否?

今日替桂姊斗牌,负去一千文,但未要我付。后闻伊言:共输去币一元两角。

五月二十五日　星期三　气候:晴

今日伯父送桂姊去潜口过端午节。桂姊约我往,我因为心中不高兴,懒于走动,故而未去。伯父下午返。

今日写信一封,寄往四川重庆中央发行局第一分局徐国枚兄,问其接信已有多日,为何不覆我?并问其校迁何处?我下学期拟往,问其途中如何行走?航空平信,已交寄出了。

表,今日始得有人修理,确为发条断矣,齿轮一个已破坏,两共币一元,次日可取来。

下午陪启祥兄往访伊友,问去沪之消息,闻温州封口未证实,伊心稍安。

问昨日报纸未来之原因,系脚踏车坏了,不好行走,故而停了一日,今日已一同取来了。

报载:消息无变化,欧局已趋和暖,由英出局调停,可望无战神来临也!

因徐州我军奉令退出后,此间谣传甚烈,闻江南方面,敌人已渡钱塘江,克攻萧山。又闻宁国已见开火,不知可确否?待证。又得可喜之消息,为我军已得徐州,但官方尚未证实也。

五月二十六日　星期四　气候:晴

上午天色晴朗,傍晚天色忽转阴,大雨忽停忽降,夜间未见停止。

昨夜我又那个了,已多日未犯,忽又做了,还是不能一人独眠。

字典为启祥兄借去,故书未能阅完一课。

表已修好取来,不知能用至何时也!

五月二十七日　星期五　气候:阴雨

伯父将支票取出给我阅看,我乘此将欲往川意说之,伊已允我行了,心中一喜,但不知何日可能成行也!

昨日旁[傍]晚之雨,迄至今日未停。至旁[傍]晚天色忽放晴,阳光出现,计算共落雨一日夜。

今日因字典不在,未阅英文,改写仿宋字。晚间启祥兄已将字典送来,次日仍照常阅书。

今日报载,消息无变化。

五月二十八日　星期六　气候:晴雨

晨,天色晴朗。旁[傍]午忽天色转变,倾盆大雨,雷电交加。下午忽天色又放晴,雨住。

今日报纸因雨阻,未来。

今日忽接一信,系由扬州李赓伯寄来的——前闻报载,京沪通车,此信收到,可得确也——想系父大人请其寄来的,恐我等焦念也。信封邮戳,仍如已[以]前,但旁加一戳,其文为:“江北自治委员会,江都邮电检查员,查讫。”此怪现象也! 此信共行十一日,尚觉其不慢也。信中内容甚简单,想因检查故,不能多言。现在只要收到字,即可放心,不论其内容如何也。现抄录如下,以为他日之纪念也:

伯循老先生尊鉴,晚前于七日由东来扬时,路经泰县,曾具邮片,计达钧誉。东地平安,公私业务目前均无甚损失。令弟仲公未离东台,精神亦好。二老太暨彬荪夫妇、女孩、奶妈等避往小海,老幼均尚平安,信息亦常常往来。贵扬寓日前去看衣物等等可算毫无损失,所雇女仆以及令亲殷兄仍然照常应门。尊处寄信递扬寓可也。此达,并颂崇安。荫祯兄问候。晚李赓伯顿,五月十六日。

今日开始读《房屋建筑学》——Building Construction of ligneous.

五月二十九日　星期日　气候:阴

今日天色阴霾,下午始有阳光出现 。

今日为旧历五月初一日。

昨夜我又那个了。

今日阅报载:我军收复兰封、陈留口。

连日报载:为下一代子孙事,组儿童保育会,扶育各地流亡之儿童。各报皆有社论,评之得当也。

五月三十日　星期一　气候:晴

今日天气晴朗,已有入夏之意,单衣已不觉其凉也。

今日写信两封:一至鉴弟,告其我欲出外,《铁道测量》未购来,可以作罢。并告其扬地曾有信来告好:一至瑞霖兄,请其代购大褂料一件。此事尚未告知伯父,不知将来可有话说否?

今日两闻机声辘辘,闻城里又被其蹂躏也!

今日阅报载:屯绩路又将通车——六月一日——此事可证明胡乐司之闲闻,开火之谣传不确也!

据《东南日报》之社论载:连日因浙海面局势紧急,浙赣路西上车拥挤甚。此事可言人民无主张,无镇静工夫,该报之结论意,劝人民不要存逃难之心,走遍天涯海角,国亡,一样做人奴隶。此言真不假也!

五月三十一日　星期二　气候:晴

今日天气与昨日等,已大热,无凉爽之日可有也。

昨夜我又那个了,自经一人独睡,迄今已有三次了,此事非戒不可了,不然于身体大有妨碍也。

今日因日昨为五卅纪念日①,报馆停刊一日,故今日无报。

闻陇海东段之归德(商邱)失陷。我军克复进攻数月之宣城,芜湖之敌将张慌矣!不知可确否?待明日报纸来证实。

晚间启祥兄来辞行,伊次日由屯往沪。

今晚睡得最迟,因伊等往邻舍人家吃喜酒,待门故。

注释:

①“五卅”纪念日:1925年2月起,上海22家日商纱厂近4万名工人为反对日本资本家打人和无理开除工人,要求增加工资而先后举行罢工。中共中央专门组织了罢工委员会。5月15日,上海内外棉七厂的日本资本家枪杀工人代表、共产党员顾正红,打伤工人10多人。日本帝国主义的暴行,激起上海工人、学生和广大民众的极大愤怒。第二天,中共中央发出第32号通告,紧急要求各地党组织号召工会等社会团体一致援助上海工人的罢工斗争。19日,中共中央又发出第33号通告,决定在全国范围发动一场反日大运

动。28日，中共中央召开紧急会议，决定以反对帝国主义屠杀中国工人为中心口号，发动群众于30日在上海租界举行反对帝国主义的游行示威。同时，为加强工会组织的力量，决定由共产党人李立三、刘华等主持，成立上海总工会。随后，刘少奇到达上海，参加上海总工会的领导。5月30日，上海工人和学生在租界的繁华马路，进行宣传讲演和示威游行，租界的英国巡捕在南京路上先后逮捕100多人，并突然向密集的游行群众开枪射击，当场打死13人，伤数十人，制造了震惊全国的五卅惨案。当天深夜，中共中央再次召开紧急会议，决定由瞿秋白、蔡和森、李立三、刘少奇和刘华等组成行动委员会，具体领导这次斗争，组织全上海民众罢工、罢市、罢课，抗议帝国主义屠杀中国人民。

六　月

民国二十七年(1938年)

六月一日　星期三　气候:晴

今日阅报载:宣城克复之消息未有,想系谣传也!武汉天空又击落敌机十五架,我空军之勇敢,可知也。

伯父母两人常时斗口,不知何故?我见之,甚为可厌也!

伯父晚间有人请吃酒,因太迟,故而未去。晚餐未吃到,只吃了角梨一只,用于果腹。

六月二日　星期四　气候:阴雨

今日天色阴霾,终日降雨未停。

昨夜我又那个了。

鉴弟由校中来,约我一同往许村。我因欲往外,衣服即欲整理。午饭后,一同返许村,正大雨,淋漓中行走也。

今日为旧历五月初五日,俗呼为端阳节[①]。此间俗例,家家皆吃糕饼,共赏端阳也。

晚间在许村舅母家宿。

今日始得阅新书六本,系由鉴弟带来的,皆是战时所出之书籍。渴望多时的我,得之,不觉速看三本,未觉有疲。文化的食粮,真需要啊!

吕湛之《铁道测量》,已由鉴弟购来了。

今日洗澡,浴后,身上觉得轻松多了。

注释:

①端阳节:农历五月初五,又称端午节。在徽州,端午节节日食品丰富,

例如，饮雄黄酒，吃端午粽、发酵面饼、茶叶蛋、腌鸭子、绿豆糕和鲜猪肉烧大蒜等。是日，家家大扫除，大门、房门插艾蒿、水菖蒲，贴端午符。符有多种，大门、耳门和后门贴钟馗像符，大门又并贴财神送宝符，屋角落贴五毒符，水缸脚、锅台脚和屋柱脚贴蜈蚣符，房门贴麒麟送子符。孩子胸前佩戴樟脑香囊和蒜头囊、菱角彩，谓端午锦，布制，有小老虎、小猴等多种形式，内装雄黄、白芷、花椒、蒜头、香末等，以避邪驱毒。正午时，各家以艾叶蘸雄黄酒洒于屋内各处，边洒边赞："端午时，端午节，蜈蚣百脚远处歇，石榴开花送尔去，石柱开花再来接；端午时，午时辰，牛蚣八脚远处行，今朝端午送尔去，天寒地冻再来迎。"有些地方还要将石灰撒于屋脚除五毒。下午进行嬉钟馗活动，城关一带好事者，更以钟馗偶像架诸肩，团团旋转于市衢，金鼓随之，人亦燃放爆竹，掷五色小纸片纷飞空中以助兴。清吴梅颠《徽城竹枝词》云："儿童谁不喜端午，要带花花红包肚。雄黄涂脸跳钟馗，髻扎红绳摇玺虎。"外婆家要给外孙(女)送端午衣、端午锦和虎头鞋等；女婿要给岳父母送端午礼；学生、徒弟给塾师、师傅送礼。礼品大多为酒、绿豆糕、发酵饼、咸鸭子等。

六月三日　星期五　气候：晴

今日天色已转晴，但气候热甚。

今日开始整理行囊。

今日去许村邮局探问，可有信来否？

昨日为我爱儿念慈两周岁生辰，为逃难，当不能顾生辰纪念也！伊生不逢辰，初出世即失慈母之抚爱，刚初长又蒙国家受外患之侵略，家人逃避，无处安身！伊初出，即使伊见到，使伊脑中留有深刻的印像[象]也。

六月四日　星期六　气候：晴

今日天色晴朗，但晚间忽转阴霾，大雨倾盆，终夜已住。

今日已将衣物整理完成，寻人挑往呈坎。皆云近日田中有事，待三数日即可。

六月五日　星期日　气候：阴

今日天色阴霾，无强烈之阳光，正好行路也。

晨六时余，与鉴弟同来呈坎。伊稍息，即往万安校中。

今日接叔平兄及汇川、曾祚兄等来信，告我一切，问我之报告可做否？我因心中不快，而又有甚多做不出，故而未做，忍痛牺牲半年也。知国枚兄因往香港迎接俞小姐，不在重庆，故而未得其覆[复]信，闻不日在汉举行婚礼。毓祥兄职业尚未解决。随覆[复]伊等一信，告我不日往蜀，并联[系]其覆[复]我一信，告我旅途中一切。

为将来生活问题，不得不做如此打算，出外求学。此时明知不易，但因守家中，又有何益也！

蜀中天气闷热，乡村生活，察伊等之意，甚过不惯也。都市少爷确有如此感觉也！

六月六日　星期一　气候：阴晴不定

今日因气候热甚，阴晴不定，时晴时雨。

今日阅报载：消息无大变化，大通附近登陆之敌，已被我军击退。

今日阅报载：国府命令鹿钟麟①为河北省主席，不日绕道前往接任云。虽河北沦陷敌手，但大部分土地，仍为我军所有也。六月二三日之《东南日报》。

报载：连日敌军进窥淮阴，我军与[予]以痛击。

今日因懒动，未做读书、写字之功[工]作。

天气热甚，与人同眠，甚觉不好也。

昨夜因房东之子夫妇吵闹，使我坐候半夜，未能入睡，可恶也！婆媳之间，能不饶舌者，我看甚少也。但不知何故，有待专家之讨论也。此有觉西方之小家庭组织之满意也。

注释：

①鹿钟麟(1884—1966)：字瑞伯，定州(今河北)北鹿庄人，西北军著名将领，国民党二级上将。自北洋新军学兵营与冯玉祥相识后，随冯玉祥戎马生活近四十年，成为冯玉祥的主要助手。1924年在“北京政变”中，率部先行入城，不费一枪一弹，仅三天就控制北京全城。接着，带领军警等二十余人，直入清室，将中国末代皇帝溥仪驱逐出宫，废为平民。北伐后，曾任南京军事委员会委员、军政部次长及代理部长、河北省主席、兵役部部长等要职。

六月七日　星期二　气候：阴晴不定

连日天气闷热，天色大变，时晴时雨。

晚间，闻人言生辰事。我忆起本月二日为我念慈爱儿二周岁生辰也，时已过去，记之，以为善忘之我警也！

今日虽天气热，仍勉强读了一点书，用意不让其闲也。

今日报纸未来，不知何故？怪哉！

六月八日　星期三　气候：阴雨

今日天色阴暗，终日雨未止，气候较凉，单衣觉不可能，需要加衣也。

今日报纸因雨阻未来，不知消息如何也？心为之急！

校中寄来了练习题，甚不易做，不知为何如此难法，抑我之能力有限，抑教员故意出得难否？想做，又不敢着手，望之已觉有点头痛了。

六月九日　星期四　气候：阴雨

今日天色仍现阴霾，无阳光，时有阵雨，晚间天色渐放晴。

今日阅七八日《徽州日报》：开封，我已奉令移新阵地。大通附近，仍有敌舰窥视。淮北之敌，仍想进攻邵伯。阜宁之敌，有向前进犯势。

报载：皖南公路，渐次恢复，杭徽路又通了，终点在齐武站，不知何处。由屯往兰溪之客票，为五元余。

此间之人，已皆知我之来历了，购香烟，可以暂不给钱，亦可取来了，真奇怪！

六月十日　星期五　气候：晴

今日天色晴朗，气候已转炎热，较昨日热得多了，但仍未现强烈之阳光。

今日阅九日《徽州日报》：敌军陇海路西犯中牟县。

阅四五两日之《东南日报》载：敌将板垣次[四]郎[1]已确为陆相，去年我人之推策[测]不差也。的确实现其军人组阁——三陆军，二海军——了。

此间近日谣传甚烈，大有日军不日即可来临之势。乡人无知，可笑也！

连日消息紧急，因日军在大通、贵池登陆而紧张。我欲想出外，不知可能如愿否？闻谣言之烈，心为之急甚！困守此间，为将来生活打算，实觉前途茫茫，终日在惶惶不安中渡过。起初，为何想起来此也。

注释：

①板垣征次[四]郎：日本陆军大将，是日本昭和时代重要将领，第二次世界大战甲级战犯之一。1931年与石原莞尔共同策划“九·一八”事变。以1万人挑战20万东北军。1937年以半个师团击溃中国军30几个师，攻占山西。1938年6月任陆军大臣。主张三国同盟，1939年9月任侵华日军总参谋长。主持对华诱降工作。1943年任最高军事参议官。1945年在马来西亚和新加坡等地同英荷军队作战，直至日本战败。1948年12月23日被远东国际军事法庭判处绞刑。

六月十一日　星期六　气候：阴

今日天色阴霾，无阳光，但未落雨，延至晚间，大雨骤至，终夜未停。

连日报载消息大变，汉地之人心，已觉惶惶了。我下月出外，不知可能成行否？心为之急甚。若长此而去，将来之生活问题如何解决也？年华老大，殊觉有愧对自身之不长进也。学业未成，半途而辍。悔不该自己无主张，若不来此间，现时已平安在川中就学，不会有如此心急之事也。现欲走不能，不走又不能，真乃进退两难也！

六月十二日　星期日　气候：阴雨

昨夜雨，终夜未停，清晨雨仍未止，以至河水上涨，溢入沿岸，两岸田禾为之墟。中午水渐退去，但雨仍然绵绵下降，不知何日始可放晴也。

今日报纸因雨阻未来。急得知消息，我心为之念也。

晚约八时即入寝，每日是吃饭、睡觉，一无所事，将要成为废人了。自觉惭愧，虚度此一生也！

桂姊又偷去赌了，伊等又气得了不得。我因为怕引起反感，相戒不去赌。

六月十三日　星期一　气候:阴雨

连日阴雨,已有数日。终日连绵不断,真讨厌,老天不知何日始可放晴也。

瑞霖兄今日冒雨由潜口来,带来大褂料一件,颜色不知为何色?又使我失望也!

欲赌未赌成。

今日报纸又因雨阻未来。

六月十四日　星期二　气候:阴雨

今日雨仍未止,河中水涨过岸,地上无一片干土。

终日烦闷,大伯又有不允出外往川之意,但我已决心前往,任何阻止,我都不听从也。为将来生活计,不得不出外就学也。伊惜财如命,不知时事,可笑其愚。此时不能与昔时可比,保守政策,不实于现实也。

今日已赌成,输去洋三角。

今日晚饭最迟,已上灯了。

今日报纸,又因雨阻未来,不知何日始可阅到?聆消息甚急的我,急甚!

今日因心绪不佳,功课未做成,烦闷!怨恨!使我终日无心赌也。

气候雨而凉甚,穿衣尚不觉热也,气候之转变何快也。而人事之转变,亦复如此也!

终日在此苦闷,使我思家之心更切。若在家必不使我如此也!心中之苦闷,有谁得知,又向谁诉耶?人生之过程,何其经过如此荆棘也耶?此种苦闷,不知何日始可渡[度]过也!

因阅《东周列国志》,昨夜使我又要那个了,因制止,故耳未行,若坚定,可从此制止也。想身体健康,还是早日制止的好,心中因之,也觉为之一快也。

六月十五日　星期三　气候:阴雨

今日天气仍未放晴,大雨不止。

今日赌博，未败，又未胜，和战。

今日得阅十二日之报纸：豫东我军渐稳定；陇海、平汉两线，十四日起开始联运；大通登陆未逞。消息较佳，心为之一畅也！

六月十六日　星期四　气候：阴雨

今日雨未停，已有五日，不知何日始可放晴也。

今日阅十五日报载：日军已在安庆及对岸之大渡口登陆，我军已撤退安庆，想不到其又登陆了，闻有一万人之众。想起北方战场已有进展，必全力进攻此间也。消息传来，闻之惊甚，此间想不日已沦为战区了！我之欲出外之意，不知可能实行否？安庆失守，九江将惊慌矣，惟一经汉之径，恐终断矣。思之痛甚，不许走，不知是何心脏也，吝啬金钱如此，可笑，亦可恶也！但我决心欲行，决不在此坐待死神之来临也。

今日作方城之游，又负去洋一元。真所谓苦中作乐，死在临头，尚不觉得，真是全无心肝也！此后决戒之，不作一时之快乐也。

六月十七日　星期五　气候：阴

今日雨已停，天色渐放晴，有微细之阳光出现，不卜可能从此晴朗否？

昨夜得一梦，梦我尚在扬[州]家中，即欲别母，与月波四爷往川之意，已叫好黄包车，取行囊上车，忽父亲大人逃难回——抑另一人——手持小盒一只，拆视之，谓“圣母山下，植物动物”，意为在镇江植物动物油厂避难也，不知主何意？想我日夜常见父母，故夜来有此梦也，忆而记之，不知可能为他日承欢膝下之时，作谈话之资料也否？

人家皆去求学，惟我一人困守家中。只恨自己全无主张，若不前来，我想此时安坐家中，无此种忧愁之事也。叹人生之遭遇如此也！

六月十八日　星期六　气候：晴

伊等真不知昏天地黑，全无忧虑之意，仍与平时无二，买这样，购那样，真是不知死期也，可怜！

今日阅报载：长江一带之敌，安庆已为我克复。大渡口与黄湓间登陆之敌，由我军三路包剿，正面由殷家汇猛攻，残敌不难肃清。北战场因水势关系，敌军皆后撤。所谓损人者，先自损，此言真不错也！

今日天色已放晴，气候炎热，心中更加烦闷。

银行支票，拟迫伯父取出，交瑞霖兄往兑。但伊不知系何心脏，不想拿出，非但不助我成行，反而破坏，多方阻止，不知是何道理？钱在正路上不用，反而借贷与人。或为遥遥无期，有望无望之间，真令人见之，可恨，可恶！亦覆[复]发噱也。父亲大人若于其性质相同，我书决读不成，不怪荫祺兄因而自杀也！自己的吝啬，而待他人亦吝啬，不知何故？我之不能出外，一生可说为伊所误也！

桂姊夫妇及小孩，今日去潜口，不日即回。

桂姊因大伯不许其将小鸡放在此地养，故而怒把伊子交于房东家，伯父闻之气甚。伊等吵噪，为何将我推入漩涡也，伯母挑拨，可恶也！

六月十九日　星期日　气候：晴

今日天气晴朗，热甚。

昨夜我又伴根孩眠了，我又那个了。同时担了与人同谋之嫌，伯母言我与桂姊说通了的，伊不知何所从而云之。

六月二十日　星期一　气候：阴

昨日阅报载：安庆、大渡口之敌，已为我肃清。蒋委员长、何部长传令嘉奖守军。各战场皆因水势而沉寂[1]。

我欲出外之意，已得伯父同意。闻给币四百元，但我多要五十元，伊将苦情告我，使我不忍要其款也。其实我又非白要，即是他的，将来仍然要归还的。伊自己胸无成见，确是实况，我以前怪伊，是我错了！

昨日傍晚断续有雨，途中未离潮湿。今晨一面阳光出现，一面大雨降临，终日阴昏惨淡。

昨日阅报载：安庆江面之肃清，已不成问题。但不时仍有敌船突援也，想其终不死心，仍要偷渡登陆也。马当上空，大批敌机轰炸。

注释:

①1938年5月19日,侵华日军攻陷徐州,并沿陇海线西犯,郑州危急,武汉震动。6月9日,为阻止日军西进,蒋介石采取“以水代兵”的办法,下令扒开位于中国河南省郑州市区北郊17公里处的黄河南岸的渡口——花园口,造成人为的黄河决堤改道,形成大片的黄泛区,史称花园口决堤。日军被黄河水阻隔后,被迫放弃了从平汉线进攻武汉的计划。他们退守到徐州后,南下到蚌埠,过淮河,再到合肥与日军其他部队会合,从长江北岸进攻武汉。黄河改道,虽然为国民政府争取了喘口气的时间,但到了1938年10月,武汉仍然失守。花园口决堤,使豫皖苏三省三千多平方公里的田园尽成泽国,数十万人被淹死,更多的人流离失所,给人民造成了极大的灾难。

六月二十一日　星期二　气候:晴

昨夜我又那个了。昨夜为人口角,将睡眠打散,十二时后,始能入梦。

今日接鉴弟信,告我伊校因此次大水而失踪同学一名。同时告我,为写此信,已撕去信纸数页,因不忍我离此间,又不忍阻我不走也,进退两难。人在此时,真难处置也!待一二日去信慰之。

今日报纸未来,不知何故?等待消息甚急的我,因之而烦闷也。

此间谣传甚烈,谓敌已进入九华山了。

今日阅报载:敌军仍在江面游弋,刻想登陆之意。江中泊有大小军船,不下百余只。北战场因水势关系,战况无变化。敌军似调动,往安庆一带增援也。

连日天气变化甚烈,时雨时晴,已入黄梅天气了。

六月二十二日　星期三　气候:阴晴不定

昨夜大雨,雷电交加。晨起忽阳光四射,已不觉昨夜之倾盆也。

昨晚我又那个了。

昨日因心中不高兴,有许多功课未做,今日已仍补足,以免懈惰也。

在此最前线之后方,虽觉苟安,只可言得一时之安逸,将来仍不免受敌人蹂躏也!

六月二十三日　星期四　气候:阴晴不定

近日谣言甚烈,即如敌人今日不来,明日即到之势也。乡人之愚,可笑,亦可怜也!

今日报纸又因雨未到,闻途中过兵,往安庆一带进发,送报人吓了,不敢送耶?

桂姊今日偕昆弟妇来。

近日天色昏暗,下雨乍晴,确为黄梅天气也。

今日报载:豫北战事沉闷,敌军南调,集中皖西,进逼武汉。皖北安庆之敌,向太湖前进,有进窥马当,由陆水并进之势也。东流登陆之敌,已被我军击退。察此情形,此间难安枕也。

六月二十四日　星期五　气候:晴

今日天色渐放晴,大约可无雨意了?

昆弟之爱人,大约是什么?我想向桂姊探问,伊尚不告我,谓请人代做的围嘴。东台,伊何有认识之人?现记在此,以为他日之他质也。东台孙家巷谢明徽,有姓氏地名,易于打听也。

送报人因有厚利,不愿再送报了。故此间惟一赖以通消息之《徽州日报》,今日起不能见到了。

近日谣言之烈,令人可恼急矣。无知乡愚,连日彷徨无定,可怜其谗听也。有谓敌军已抵祁门了;有谓我军放弃徽地,保为江西了。其不知先有徽地,而后始有江西,且政府也不忍轻易放弃徽地而不保卫也!尚未到危急之时,焉恳轻于放弃耶?民众之无组织,盲听谣言。政令无人,不能谕令警戒,可叹也!组织民众之言论,闻之已有年余,尚未见其实现也,何怪?

六月二十五日　星期六　气候:晴

今日用裁缝,替我做大褂也。因为省钱,就向鉴弟取来改做。

今日真有趣,房东之子夫妻争噪[吵],婆媳争噪[吵],为的是赌博。忽伯父又与桂姊噪[吵]起来了,为的桂姊不许伊子——根孩——在外祖家吃饭。此时当责桂姊不好,我当时想言,为的免受人之指责,故耳忍了。且而我不是长期在此也。

六月二十六日　星期日　气候:晴

近日天色已能放晴了。

大褂今日已做成。

今日因不高兴,有些功课未做。

今日写一信覆鉴弟,告其一切。并附寄票五角,请其代购杂志等刊物,以消磨长日也。

今日得阅二十四日之《徽州日报》:我军大捷,荻港等地登陆之敌,已为我军击退。马当江防巩固。冀北、豫东连克要地。此可证谣言之不存在也!

壮士入伍,近日此间为此事而惊慌万分,有孔可入者,皆设法图之。外面逃回之壮丁,又将不知逃往何处也?阅告白,下月五日在此抽签,准备应征入营。人民为征兵服役,皆以为即日开到前线送死。其实此时服役,不过将来之准备耳,何须一无经验之人作战也,不但不能见效,且而有害也。我想皆是宣传之不力也,以至皆想逃避,可叹国家法虽善,而未得按计划实现也!

六月二十七日　星期一　气候:晴

今日鉴弟遣伊同学便道来此,送一信,命我向伯父借币两元交其带去。

因近日谣言甚烈,扰乱听闻,无知愚民,争相谈论,大有暴日即欲来临之势。徽州戒严司令部已出示禁止,想从此可得无不确之消息可听也!

今日已将昨日功课补足了。

六月二十八日　星期二　气候:晴

晨,天色晴朗。忽中午色转阴霾,忽有大雨。午后天又转晴,阳光重现。

今日曾有飞机过境。

今日为旧历六月初一日。

大伯告我,有人从汉口来。

报纸已在岩寺接洽妥当,次日即可有报可观了,此后也可以得知消息了,稍觉一慰也。

六月二十九日　星期三　气候:阴

今日天色阴霾,无阳光,晚间忽又雨。

往取报纸未得,不知何故?

今日得阅二十六日之《徽州日报》载:我军连日皆派机往长江轰击敌舰,每日皆有为我军炸沉之消息可得。其它各战场皆沉寂,山西又见活跃。

政府定七月七日卢沟桥事件,为抗战建国纪念日,命令各地举行纪念仪式于是日。

终日无聊,尚有人说我为快乐之日,其实我是急死了,真不愿意闷坐在此间。深愿生长两翅,飞离此间也!

许村送来之物,已有月余,尚未见送来,不知何故?想去一探,两条腿怕走这来回四十里,真懒得动,我大有听其自然之势了。

六月三十日　星期四　气候:阴

晓,夜大雨,清晨仍未见住,倾盆而注,午后始见稀殊零落也。

今日报纸又因雨阻,未取来。

今日得阅二十七日之《徽州日报》载:我军连日大捷,飞将军往轰敌舰,甚有收获。绥北我军,由武川进抵察东,四面包围,不难消灭也。

今日接汇川兄来一信,并附祚兄数言。伊等告我一切,察其用意,似阻我不必往也:

关于你预备到回川来的意见,我想在这里说一说我自己的意见,以供你的参考(谢谢),当然最后的决定还是在你自己。安徽的形势最近虽较紧张,但歙县因僻处皖南,似乎还可苟安。当然乡下的生活是苦闷无聊,你有些儿受不了，所以很想活动，一则为求学业之结束，二则也可增些识见。由歙县到南昌，再到九江的路途我不熟悉。不过自九江到汉口，再从汉口入川，这一段实在是非常困难。往往在宜昌候船住一月半月，那委实是司空见惯，不足为奇。据说目前由汉至渝之轮船票，已预定至七月，或许传闻过甚，但乘客踊跃之情况于此可见。敌人由安庆登陆，敌机轰炸赣省各大城市，九江亦遭蹂躏。武汉方面过去空袭时闻，以上诸种事实都请详细参酌，定行止。尚有一点，在行前不得不详为考虑，若行至中途某一阶段，不能前进而停滞时，将取何种办法以应付。非常时期一切非常，舟车上下加倍讨厌，多花小费，仍不易照料。以阁下之忠厚，倘一人独行恐难处置裕如。经济一层可分两方面言，一为旅费，一为生活维持费。旅费不能多带，亦不能少带，多带则恐发生遗失及意外情事，少带则恐半途搁浅，欲行不得。逃难人多，舟车之价倍涨，设有不足，有进退为难，呼天不应，叫地不灵之苦。况汇兑阻滞缓慢，临时接济更为困难，此层务须妥为筹备。第二方面讨论生活费与维持费，目前大家闹穷，皆系因经济来源断绝之故，阁下此来川，此点最为重要，务必详细策划，多多筹备。川中亲戚想不多，而好朋友皆自身不保，心余力绌。为后生活计，吾兄望详加斟酌为要！

意甚善，使我有进退维谷，欲行不得之感也。大约你走不成功了！

七　月

民国二十七年（1938年）

七月一日　星期五　气候：晴

今日天气晴朗，但气候较凉，身上加穿夹衣不觉其热也。

今日从此可有报纸看了。

阅报载：因增援豫东，暴敌后方空虚，将江北运河大堤溃决，以阻我军反击也，因之苏北各县皆成泽国了。兵灾尚未稍杀，接踵而又受水灾，是真人民之大劫！伊之兽性，似觉天有反感，暴[报]应来临，伊国亦遭洪患，牺牲损失皆甚大。

近日阅报载：各战场似觉沉闷，长江沿岸则大为热闹，我军马当江防仍巩固。

往川就学之念，从此要终[中]断矣。去未尝不可，将来经济之筹划如何？伊非但不能尽力帮助，眼前所有尚不恳[肯]取出，守财奴可恶也！且而不是不归还，尚且如此，诚不知是何用意也？

得汇川兄函告：社友王叔函由故乡乡间入城时，为敌寇所杀。消息传来，惊愕，惋悼，不至[只]我社之损失也！

七月二日　星期六　气候：阴

今日天气虽晴朗，但无阳光。

今日取报未得，只带来六月二十九日之《徽报》载：我军在长江中流大捷，毙敌五千余，闻之痛快！马当江防巩固。该地形势及军事布置，不知为何载入报端？

今日又得一信，为前信之后到者，记之，以留纪念。

正面：安徽歙县北乡呈坎钟英楼汪伯循老先生启，途次泰县，李赓伯寄。反面:伯循老先生尊鉴,东地平安,令弟仲公刻未离东公司,同人[仁]亦未走开。仲二太太暨彬荪兄夫妇、女孩、奶妈等,前避小海未回,他们在外均尚安好。恐老先生暨荫祯兄挂念,特代奉闻,并颂崇安。晚李赓伯顿,旧历四月九日(五月八日)。荫祯兄均此。

七月三日　星期日　气候:阴

今日天气虽晴,曾有阵雨,无阳光。

今日阅报载:马当阵地[①]为日军炮弹击毁,我军已转移新阵地。彭泽东之娘娘庙已发现敌军,马当江面封锁线仍极巩固。余者各战场,我军皆获胜利之捷音。

本日载路透[社]伦敦一日电:中国国民政府军事委员会蒋委员长,昨在武昌对伦敦《每日快报》记者谈,中国军队之后退,绝不能谓为日本之胜利,反之日军之人数方面,及经济方面,均将因之更感困难。华军必将坚守武汉,但即若华军须由武汉撤退,此亦无关重要。外传英、法、义[意]、瑞典、瑞士等驻华外交代表,均将来汉,企图斡旋和平。但中国方面之意思,以为苟非能将主权完全收复,绝不欢迎任何国家调停。中国在政治上已全部统一,中国人民抗日之决心亦与日俱增。中国自抗战以来,已达一年,而其经济基础,并未丝毫摇动。中国之内外债,仍能照常偿付,其入超亦逐渐减少,而达贸易上之平衡。现中国除将各工厂迁往内[地]外,尚在内地修筑铁路及动员妇女协助国防。以如许之爱国青年男女,报[抱]勇往直前之精神,共赴国难,中国绝不会为日本所战胜,所屈服之一日也云。

下午桂姊往潜口,不知有何事,闻次日即来。晚,我宿伊床上,伴根孩也。

鉴弟托伊同学回梓之便,带来杂志数本:《文艺阵地》半月刊(第一卷第三期),《时事类编》(特刊第十二期),《文摘战时旬刊》(第十九号),《战地》半月刊(第五期),《群众》周刊(第二十五期),《抗战》三日刊(第六十九号),精神食粮近数日可得温饱了。因为月考期近,无暇出来,向其它同学搜罗来的,但我已觉甚为满足了。

注释：

①马当阵地：马当，地处安徽、江西边界，江北是安徽的望江县，江南是江西的彭泽县，这里丛山环抱，易守难攻。为防止日军溯江西进，1937年秋开始，江西省江防委员会便调集9个县数十万民工，在马当江防要塞修筑和加固防御工事。一年后，马当要塞建造了三级炮台，江中凿沉木船1000余艘，并广布水雷，以阻敌进犯武汉。1938年6月，日军占领安庆后，以波田支队、第106师团、第3舰队等部向马当、湖口方向进攻，企图溯江西进，攻占九江，继而进攻武汉。据此，中国第9战区决心确保马当、湖口诸要塞，以第16军防守马当，以第43、第73军防守彭泽、湖口地区，以阻止日军溯江西进。23日17时，日军800余人在新沟登陆，袭击香山，另一部袭击黄山、香口。24日，波田支队在毛林洲及新沟登陆。中国军队第16军在马当外围之黄山、香山阵地与日军激烈争夺，至12时，日军先后攻占黄山、香山、香口，并攻向马当。此时马当仅有守军1个营，加上外围第53师残部共500余人，急待增援。26日拂晓，日军继由娘娘庙、牛山矶登陆进攻。增援马当要塞的中国军队第167师迟迟不至。马当要塞守军拼死抵抗，苦战至26日9时，阵亡殆尽，要塞被日军占领。

七月四日　星期一　气候：晴

昨晚忽接一信，系父大人寄来的。昆弟已有下落，伊等闻之，大为快乐，余者可不成问题也。兹录如下，以为他日之纪念也。六月十九日由沪寄来的。

大哥大鉴：一向无法通信，挂虑！想彼此皆在同情。弟上月托人由泰、由扬通信，不知可否达到？念甚！全家人口去冬避难来东，欲归不得。二月又嘱彬荪携眷转迁小海，弟因公私牵绊，并未离东。过去一切本还好，人口事业均安全。昆侄安住天长，不过其店已收束，借住在叶家。洋岸叔平、少华两家人口住宅均好。月波及大六两房各家均毁。上冈宋宅如何不知，人已知其早搬空区。大约各亲友中均是物损人安，此最近之状况耳。余俟有便，再通信。此信托人由沪发。此上，敬颂台安！弟怡可。五月二十三日东台泐。

闻之可慰也！不日去信，告鉴弟放心。

七月五日　星期二　气候:晴

昨晚我又那个了。

桂姊清晨已有[由]潜口来。

昨日因有人送物之便,舅母意欲前来,故耳又来到许村了。

阅信得知二舅父为念家用告罄,托人由沪转来百元,尚有待得此间回音,再为寄来也。今晨覆信已寄出,内并附有二舅父信一封,皆用鉴弟出[之]名也。

伯父忽来,因昨日来叫我之人言,有信一封,内容不知,故耳不放心,前来一探也。午后仍返呈坎,汇票给伊带去,我可在此多住数日也。

七月六日　星期三　气候:晴

因昨日天气之闷热,故耳今日天色阴暗,午后阵雨未停,夜间仍闻雨声。

晚间忽觉身体不快,似欲呕,故耳早睡了。

晚间有人唱小调,为合肥等之音调,又是另一风味也。伊等逃难真好,有一技之长,可得糊口也!

七月七日　星期四　气候:阴

因昨日雨之故,今日仍未停,河水上涨,有人捕来小鱼数尾,以佐午餐。

许村小学冒雨下乡宣传,行此路过,旁观者不知其为得什么?小孩在大雨中泞泥行走,真觉可怜,拿伊等开味也!

杂志已看完,更觉无聊,消磨长日,真不知如何渡[度]过也。

因小孩来此宣传,而知今日为抗战一周年纪念。忆去岁今日,此时正在家中阅报,得知卢沟桥事变也,而今年不觉在此度此生活也。

每过狂风暴雨,看着凄清的环境,想到人生,辄惊动不怡,只觉得奇愁黯黯,横空而来。生命中何必有爱,爱正是为这些人而有!这些痛苦的心灵,需要无限的同情与怜念。然而人生不止欢乐荣华一方面,忧愁与别离,只是带着酸汁的快乐之朵,沉静的悲哀里,含有无限的庄严。伟大的人生中，是需要这种成分的。范仲淹说："先天下之忧而忧。"佛说："我不入地狱，谁入地狱。"何况这一切本是组成人生的元素，耳闻，眼见，身经，早晚都要了解知道的，何必要烦闷于今日。

——录冰心通讯十五。

七月八日　星期五　气候：晴

叹冰心之《寄小读者》母爱之恳挚，热情之流露，母亲的爱动人至此，使人一心一念，魂神奔赴。使我不觉想爱儿念慈，出世即与伊慈母永别，未得温柔。尚要逃避国难，在他人之怀抱中，尚不安度之一日。伊小小心灵，将来知道，不知如何地动荡起落呢？

今日雨住天晴，阳光出现，但不时仍有阵雨下降。

抗战一年周纪念，宣传周仍在进行中。

鉴弟夫人今日由伊母家回来了，闻明日往村里择茶去。

七月九日　星期六　气候：晴

今日天晴，但阳光未见若何强烈，晚间有阵雨。

无聊甚，无书可读，即是有书也无兴趣拿出来读。将旧杂志拿出来观看，尚可一观，虽觉有些新闻是明日黄花，但现时尚可证实以前言之不差，可证之近日。

鉴弟夫人因不忍金钱为他人独取，今日开始往许村择茶去了。

晨，天微明，尚未起床之时，闻机声过境。

七月十日　星期日　气候：晴

许本良与许荣华由此路过，返家去了。系经城里回来，不知有何事件？

昨夜我又那个了。

今日为鉴弟夫人择茶之次日。

今日舅母得东地舅父寄来之邮包，尚系去年九月间寄来的，今日始收到，不为不算其慢也。我等皆以为无希望了，想不到仍可收到，与天降下来,有何区别也!

连日未见报纸,不知消息如何?心中真为之急甚!此间更不若呈坎之消息灵通也。

下午先见飞机一架由西向东飞行,后又见飞机两架由东向西飞行,不知系何国的?乡村只知闻机声,见机形,而无其它之识别能力。

七月十一日　星期一　气候:晴

今日为鉴弟夫人往许村择茶之第二日,因恐伊受饿,故舅母去送饭,给伊充饥。

鉴弟夫人时叫邻人之女来闲谈,因我在,伊怕羞,不恳[肯]来。不知伊为何能叫人读书,做人师长也。

记日记可说一点材料都没有,只有拉杂不值一谈之事,来填满了空白,自己也觉得好笑,记之无益的。

七月十二日　星期二　气候:晴

连日天气亢热,大有入夏之意。阳光强烈,不赖人之安荣,汗流夹[浃]背,加之粗布衣服,更觉穿在身上发热也。

昨夜我又那个了。

鉴弟夫人因今日用裁缝,未去许村择茶,少进三百六十枚,而又花了六百枚,真不合算了,进出如此之大。一笑!

连日虽觉天气炎热,而早晚似觉凉爽,大有初秋之意。闻之情形,对于农作物不利,不知是何原因在?加之,连日南风飘飘,对农作物加倍不利,农人大有皱眉在!

七月十三日　星期三　气候:晴

在晨曦中,为机噪[吵]醒,轰轰之声,似欲坠下,闻之吓甚,后又再闻机声过境。

鉴弟夫人仍往许村择茶。

在此,等于养病,终日无所事,吃饭,睡觉耳。

常此乡间，与外间不通消息，可以使人愚！连日未见报纸，不知近日战事如何，大有处在太平安乐之日中。若无飞机过境，令人一奋，决不知有国难也！

七月十四日　星期四　气候：晴

连日天气晴朗，阳光强烈，火伞高掌，已不耐人之安乐了。中午酷暑熏蒸，汗流浃背，甚难使我安定也。

许本英由此路过回里，大约系校中已放假了。时光过去真快啊！记得伊去校读书，今日又见伊返里了。

天气闷热，使我更加烦燥[躁]，仰望长空，大欲一啸，已[以]消我之怨恨也。

七月十五日　星期五　气候：晴

今日又有飞机过境，共有十八只之多，三只一对，共有六对，大约系两大队，由西向东，约一小时后，有九只，由东向西飞行。

昨夜我又那个了。自己为何不能制止耶？可恶！

真觉无聊，使我欲记日记，都无从记起，因为没有可记的材料。乡村生活，农人之苦况，虽欲依着前进者之指导，想进行调查一下，但各方阻力甚大，不易于着手也。

人事变换的确真快，我现时此身已来此半年多了。忆去年此时正在建[设]局实习，早去，中午归家吃，虽不能收到多大效果，但到底比较要好些？今年此日在此闲散中一日一日的渡过，困扰愁肠，使我何日得有可以解脱耶？

七月十六日　星期六　气候：晴

因在无聊间翻出了旧有的《申报周刊》来读，尽然的，一本一本的将它读完。对证现实时局，确有预言之不离开进行之目标也，实可拜服伊其眼光之远大，不愧有读者之崇拜也！

今日为第二次洗浴，真不易也。

七月十七日　星期日　气候:晴

初晓,为机声所警醒,大约为的是赶早凉耶?

昨夜大雷雨,清晨以为仍阴暗,开窗一望,红日高升,已早放晴,不见昨晚落雨之形迹也。

邻人因雨而阻其捕鱼,一团高兴化为乌有。伊等甚为伤感也,天不佑人,何其如此也耶?应当伊等受苦耶?不应有意外之收获耶?

因纸烟缺,烟瘾甚难过。舅母设法替我买了一包来,以过其瘾也。但未敢狂吸,因为烟未见佳妙,不过聊甚于无耳!

今日接鉴弟来信云:校中尚有一星期,即欲放假,下星期命人前去挑物。拟明日覆其一信。

闻人言:敌我仍相持于湖口、彭泽间,无多大变化。连日我军皆大捷,收获甚多。

七月十八日　星期一　气候:晴

今日天气晴朗,午后闻雷声,但未见雨,气候酷热,火伞高张,已入于严暑矣。

鉴弟夫人择茶,今日已功德原[圆]满矣。

今日覆鉴弟一信,告其昨日来之信已收到。告其挑夫已叫好,准那日前往接伊返里。

今日舅母去许村替我购来纸烟数封,可以大过其瘾矣。

七月十九日　星期二　气候:晴

气候酷热已有数日,未见转凉,天已数日未雨,当较更热也。

昨夜我又那个了。

七月二十日　星期三　气候:晴

今日暴日未见强,而气候酷热,不知何故,溽暑熏人,真令人不耐也。

七月二十一日　星期四　气候:晴

昨夜闻雷声,但未见落雨,下午仍如故,黑云四散,云收雨散,但晚间已较凉爽也。

清晨,伯父来,为送款。并告我暂勿去呈,因有小人有疾。我闻之,可在此安心暂住也。

伯父带来东地来信,由沪地转来。父大人至伯父函,由彬兄代笔。彬哥至我函,告平安,并拟不日回扬一行,察看情形。但愿伊等平安无事足矣。告我念慈甚强健,已能行走,闻之慰甚。但伊言现时团聚尚无期,不能返家,闻之中心伤痛不已!晚间接舅父至鉴弟信,告伊沪地汇兑可能否?若能,此后当如此办也。扬州胡勋伯兄亦来一信,告知一切平安。带来鉴弟前次发来之信,告我一切,相劝慰我。

鉴弟寄来刊物三册,《战地》本月刊第五六两期,《世界周报》第三期,当日看完。

伯父带来《徽州日报》数张。阅之,两军对峙,仍在鄱阳、彭泽间。马当封锁线已为其破坏。江防重镇虽失陷,但抵抗力仍然顽强。

午后,伯父仍返呈坎。

七月二十二日　星期五　气候:晴

为观人家捕鱼,微明,舅母即起来叫我。我因昨晚又那个了,无精神,不能起来。但是仍然起来了,可为第一次早也。

观人捕鱼时,遇祯祥姊由呈坎回许村,迎面而别,未开言。遇伊女亦复如此,可谓瞎子相遇,两不相识也!

乡人捕鱼无经验,鱼不上钩,甚觉可笑也!

今日可谓逢佳日,有鱼吃也。因此间得鱼食,甚不易也。

午后,大雨,气候转凉。

七月二十三日　星期六　气候:晴

因昨日之大雨,阳光照射不强,气候因之而觉爽也。

今日写信一封给鉴弟,告其一切。并托伊购物及书籍等件,次日由挑夫带去,便可晤之。

邻人仍往捕鱼,但所得甚少。我中饭仍得鱼而大嚼。

七月二十四日　星期日　气候:晴

晨,天色阴霾,似欲雨。后天色渐放晴,阳光出现。下午黑云四盖,大雨忽来。雨住,气候转凉,晚间好睡。

舅母家叫锡匠打茶壶,当日完成。

往万安校中挑行李之人清晨行,明日鉴弟可来了。信已交伊带去,不知可能购得来否?若有书来,我可得观,以慰精神之饥渴于我了。

七月二十五日　星期一　气候:晴

昨日阵雨后,清晨仍未见放晴。中午有阳光出现,而午后阵雨一场,又将阳光吓退了。

鉴弟于午后到,闻在呈坎午饭后来的。带来所要之物,但都不能满足我所需要的,杂志三册,书籍闻言购不到。

彬哥寄给我的信,已由鉴弟从[重]新带来,因为在此时期收到一封信真不容易,为留待将来之纪念,故耳有将抄入日记中之必要。

祯弟:忆在去岁十月间在扬通信后,忽忽七阅月矣。此二百余日中展[辗]转播迁,极尽流离之苦。二月十九日兄送眷由东至小海,中间又由小海至海下月余,复回原处。现在该处环境尚好,母大人以下尚安。惟暂时不能来东,更谈不到回扬,兄或许与父亲先回去看看。吾弟在徽,望耐心居住,一时不易出来,团聚之期,待诸他日可也。父母亲精神甚好,余亦平安,现在所希望者只求平安!念慈已能行路,近颇健壮,可勿念。兄由海到东甫三日,顺书数行,想弟收到时,当抵万金看也。匆此,并望珍卫,兄荃手启。

七月一日书成,候数日后托人带申转。

虽不能信上言抵万金看,但得之,心也觉安逸多了。团聚之日,待之异日,尚觉遥遥无期。看人家家庭之安乐,不觉令我心生羡慕,眼中泪坠,思何日得与家人完聚也?

七月二十六日　星期二　气候:晴

昨夜我又那个了。

鉴弟未回来时,舅母时常挂在口边。对伊之热望,即至回来后之喜乐,真是不易形容出来。母爱之真性,使我多么的嫉妒?不尽[竟]回想起来,慈母之对我,不是也是一样的。所谓旁观者清吧!但我以为伊等向我挑战,向我示威,令我气闷耶!但我不知何日回到慈母的怀中,受她的抚慰呢?

七月二十七日　星期三　晴

鉴弟昨日带来之《全民抗战》第一二期及《群众周刊》,今日已将其读完。精神食粮之不可缺,确是明言,尤其在百无聊[赖]间,得一本读,真能得有多少益处也!

今日为旧历七月初一日。

今日舅母为伊爱儿接风。

因多日未记,已忘却了。

七月二十八日　星期四　气候:晴

今日天色晴朗,午后,忽有阵雨。

今日陪鉴弟往上丰祁家巷伊丈人家拜访。午饭后,仍返许村。

今日为第二次洗浴。

七月二十九日　星期五　气候:晴

昨夜我又那个了。

今日舅母家杀鸡,为我等餐。

无聊,得来《悲欢因缘》一观,以消长日。

七月三十日　星期六　气候:晴

近日天色不一,每日皆有阵雨,今日仍如是。

许本良来访,因问鉴弟校中何日,拟往考,插入初三求读。

闻人言,九江已失陷,现在庐山脚下对峙。想系进攻南昌之计划也,沿南浔铁路前进也耶?

七月三十一日　星期日　气候:晴

今日之事已忘却,故不记了。

八　月

民国二十七年(1938年)

八月一日　星期一　气候:晴

连日天气不知何故,每日皆有阵雨一次。闻乡人言,对于稻的收获,大不利也。虑此干戈四起,国力民强,甚愿得有丰收。民间多收一粒,即国家多得一粒之助也。

八月二日　星期二　气候:晴

因每日皆有阵雨一次,气候甚凉爽,似若秋令。晓闻凉风拂拂,睡在床上,不觉其热也。无溽暑之熏蒸,不似酷暑之时也。恐秋后有酷热,对于人之卫生,大不利也。甚为可虑!

今日为旧历七月初七日,为河鼓天孙[①]欢会之期已届。天上有团聚之喜,而人间无晤聚之缘。对此佳节,弥增忉怛[②]。思而不得见,我劳如何?此真所谓人似隔天河也!遥忆前情,使我更生若何感想也。

注释:

①河鼓天孙:河鼓即牵牛星,天孙即织女星。汉族民间传说牵牛、织女分居天河两岸,每年的七月七日,地上的喜鹊飞到天河填河成桥,使之相会。后遂用“河鼓天孙”为典,谓男女结合,夫妻相聚。也代指七夕。

②忉怛(dāo dá):忧伤,悲痛。

八月三日　星期三　气候:晴

今日去许村购物,并理发。在阳光正烈之时,回返了许村舅母家。

今日为第四次洗浴。

民间的常习,七夕的确给了人们腻情的香艳的感觉。一家男女老幼,团聚着爱间，排起了香案瓜果，而人的手臂上，绕起了七巧线，据说这样可以祈求天赐的智慧。古人又有一句词说：是处瓜花时节好，金樽到，人间彩缕争祈巧。但这种煽情的香艳的感觉，在今年只成了另一种阶层的人的专有。不是吗？鹊桥相会的戏剧广告，又大字排在当天的报纸上了。这另一种阶层人，可以说比天上的牵牛织女星还幸福。他们忘记了过去不长久惊天动地恐怖的洪流，他们也不会想象到眼前遍地凄惨的流离的图画，他们更尽情地狂欢，狂欢得麻木了知觉与思维了。同样戴着天，同样过着七夕，但这普通的许多流亡者群，乞巧已经成了桃色的憧憬。现在，桃色的憧憬变成惨淡的暗云，失去了家，失去了亲人。也许家毁灭了，亲人还未卜死与生，剩余的生命流亡着天涯，又不知道怎么样归宿？七夕，只增加了苦恨的思绪！

八月四日　星期四　气候：晴

终日无聊，以小说作为消遣之物。《七侠五义》《小五义》《续小五义》，皆为我所喜欢之物了。

昨夜我又那个了。

八月五日　星期五　气候：晴

鉴弟之岳母来，探望伊姑娘。饭后至伊二姑娘家，当日未返。

八月六日　星期六　气候：晴

鉴弟之岳母，由伊二姑娘家来，在此过宿一宵，明日往祁村。晚间我与鉴弟共眠。

鉴弟夫人不幸今日小产，闻伊等言为女。我早知伊为怀孕，伊等不信，有此事故！本来年青人，也无足虑此种事也。

八月七日　星期日　气候：晴

今日有飞机数架，由此路过。

鉴弟岳母，今日午饭后，返祁村了。甚不放心伊女之小产，为家事不得不回也。甚为可叹！人生为的是什么挂虑？

鉴弟夫妇性情气傲，此种原因，皆是习惯使然。命其所言，皆不信，所谓自讨苦吃！

八月八日　星期一　气候：晴

晨，天气昏暗。中午又见放晴，阳光四射。晚间仍未见天色改变。

八月九日　星期二　气候：晴

今日鉴弟得伊同学一信，我见其有工作团，恐为他人之利用，向其明告。伊不察我之好意，似欲与我反目。我也太会多言，听他人之自然，何必多欲劝人，等伊吃到苦头，再言不迟也！

今日又往许村购物。

鉴弟托伊本家兄，去城里代定报纸一份，不知何日始可见到？

八月十日　星期三　气候：晴

今日为旧历七月十五日，中元节[1]，我礼[理]应往呈坎祭祖，但我因欲偷懒，怕跑，未去。恐将来大伯要有话说了，真无言可对了，有何方法可想也。

昨夜我又那个了。

今日来一不速之客，为鉴弟之义兄。闻伊言湾沚逃往泾县，在伊后妻之家暂住，为财政部第一区泾太烟酒税稽征所职员，由此路过，往屯溪投公事，便道访问。二十年不通音讯之人，伊等今日得有相遇，不知是真真个也相逢。伊人姓洪名白涛，尚是在上冈相悉，我根本不知其人之为谁，不敢与其深谈，不知伊人来历之如何也。晚餐后，坚欲行。

晚间忽觉头痛，舅母甚为惊吓。后当如此，使我不敢言也。

注释：

①中元节：农历七月十五日为中元节，相传鬼要聚集做中元素会，所以又叫鬼打会。是日，每家每户都要做四个素菜，家祭或坟祭祖先。晚上家门口还要烧纸，洒酒水，摆放供品给孤魂野鬼。中元祭品为面制油煎糯粢粑、

茶馓(油煎面粉做的风车、麻花及在面皮段中划四刀,再翻绞成内索状的油煎品)、豆得(油煎面粉和黄豆、面粉和绿豆)、砸棚(油煎面粉做的六耳结、百结)、苏球(油煎面粉蘸紫苏嫩叶)等。"茶馓""砸棚"有解结、超度,砸开地狱之门意。有的地方要演《目连戏》,做《盂兰盆会》,超度亡魂。歙县三阳坑一带中元节还有祭拜明太祖母亲之俗,相传朱元璋老母千里寻儿,饥寒交迫,饿死在三阳,被三阳乡民收殓下葬,致有此俗。

八月十一日　星期四　气候:晴

清晨,舅母即推门问我:头可痛否?真使我过意不去,下次不敢言了。

《清宫十三朝演义》,又看过了,内容无精彩可言。每朝皆有艳事留传,只德宗为例外,不知何故?如此荒淫也!看之,令人生气。

不速之客洪白涛,又叫洪尚钧,曾言请人带一信来,已有便人今日送到。

下午至村外私塾参观。

八月十二日　星期五　气候:晴

清晨,为捉汉奸之噪声而惊醒了我。所谓汉奸,为一乞丐。不知是何人想出此种名目,昨晚已经闹了一夜,今日早晨大噪起来了,不知何故?闻欲送往联保主任处审问,因无人负责,又将他放了。

昨晚为捉汉奸未捕着,反而捕了小偷一名。小偷将偷来之物,抵偿与烟馆,捕者认为寡家,罚国币八元。捕者可谓"失之东隅,收之桑榆",汉奸虽不是,辛苦了一夜,得此意外之收获,也可稍补其辛苦之劳了。

八月十三日　星期六　气候:晴

今日为沪战抗战一周年纪念,忆虹桥事件,阅报载,知道不幸事件即将来临了。果不出所料,今已一周年,家人分散,不为抗战,何得如此也?但不知何日结束,得与家人相见也!

今日欲上许村,因天热,而懒得去。

阅八月十日之《徽州日报》,得知消息,记数则如下:苏日为张高[鼓]峰事件而开战,俄军甚为得手,对我军抗战,甚为有益。暴日虽强,何能有此力量，同时抵抗两方面之兵力。苏北我军克复得新港，该处为南通之门户。敌犯沙河——南浔路正面——被我击退。

八月十四日　星期日　气候：晴

哎！终日我苦闷极了！天地生人本无谓，人生天地更无聊，这是我的解脱语，也是我的忿激语！我常常发一种痴想，以为这世界上为什么要有一个我，我为什么一定要生存在这世界上！我在世界上，也不过如苍海之一粟，然而有时我觉得就只这一个我，也就很是充满这世界而有余了！

我敢自己下一句批评，我是一个莫名其妙的人，明白糊涂人。我往往意气用事，激昂不可一世，一转眼间，确又悲伤抑郁，像冻死人。我平时和易近人，很像谦谦君子，而一言不合，就怒目相向，想投袂而起，挺身而斗，近似匹夫之勇。

世界上有了一个我，不嫌多，没有我，也不嫌少！我在这世界上，只是一个寄生虫，每天除了睡觉吃饭，尽做些无聊、下流的事，大约世界上所以要有我，我之所以要生存在这世界上，就是为此！不过世界上像我这样的人，一定很多。世界上假使没有我们这样的人，世界上岂不是没有废物了！

我于夜深人静时，也曾喊着我的名字问道：祯，你就是这样的过一生吗？你的宗旨是怎样？你的前途又是怎样？这个答案，我一时竟无法回答。过了那一刹那，我的心房又绝对不能容纳这问题了。现在的我，早已不是从前的我了！我从前不晓得世界上有什么苦事，也不晓得世界上有什么荣事，更不晓得世界上有什么欺诈鬼魅的事，现在一切都明白了！而荣事当然没有我的分[份]，我的天性，将渐渐的泯灭，而变成世界一个最残忍的人，假使我不死而再活几年！

黄金的时代，黄金的事业，我都不想了！不作[做]无益之事，何以遣有涯之生？

——录张秋虫《初夜》。

八月十五日　星期一　气候:晴

许本良来,探问鉴弟校中开学情形。

伯父由呈坎来,带来报纸数页。晚睡此,与我共眠。

通过经理张一峰先生寄来挂号信,续汇二次款。信中言,前信已寄往小海,闻小海近有日机投弹,损失尚鲜,闻之心中念甚!避难至穷乡僻壤,尚受其蹂躏,真无以生存,可恶极矣!思念家人,令我终日无安宁之时。但祈家人有惊无害始可!能在最近数日得有一确信,打破这忧闷之局势,心始可得安也!

八月十六日　星期二　气候:晴

晨,天色阴暗,后又转晴。午后在太阳高射中,曾见有雨数点。

今日由此路过而去留者四人:早餐后,大伯返呈坎。鉴弟小姨之小叔,由此路过返家。鉴弟之义兄洪君,由此路过岭。鉴弟之岳母来探望伊女之疾,宿在此。我与鉴弟共眠。

今日与鉴弟去许村送信。写信一封,托沪地张一峰代转往东地,告其中行款仍未收到,庐地二百元,可追回否?思念伊等,心甚不安!

去许村,路过祯祥姊宅旁,见伊女在门外洗马桶,伊甚难为情,不愿见我。闻伊家亲戚之女,今晨亡故,为杭地逃难,衣箱击了胸前,口中吐血之伤,医治无效,一病亡故,可为惨矣!暴日杀人。不然伊家何来徽地之意?哀哉!杜女士国破身亡,令人可痛也!

八月十七日　星期三　气候:晴

昨日之消息,略记数则如下:南浔线我军进展顺利,沙河南昌铺正式克复。港口镇我敌激战甚烈,敌仓惶向九江方面撤退。浙西开始总攻,节节进展,我军迫进杭郊。皖南我军迫抵宣城近郊,敌恐慌万状,现向芜湖、湾沚方面乞援。苏倭张鼓峰事件[①],倭违反停战协定,侵犯行为仍继续发生,苏称将不受协定束缚之义务云。

复旦大学附属中学皖校,因主任为案件所羁,改由余凌云代理云。

晨,在我未开房门前,鉴弟的丈母娘即去,为的是探望伊女也。今日舅母家与佃户分谷，伊等大忙晒谷。

今日忽然身体不适，腹痛。

注释：

①张鼓峰事件：张鼓峰又名刀山，俄语称“扎奥泽尔纳亚”，意为湖对岸高地之意，位于吉林省延边朝鲜族自治州珲春县敬信镇防川村北1.5公里的中俄国界线上，海拔155.1米。山的东面和北面是长池(俄罗斯称哈桑湖)和波谢特平原，西北与沙草峰相连，西南与141.2高地相望，南面是防川村驻地，东南约2.5公里处是中、俄、朝三国的交界处。张鼓峰历来是中国的领土，但是沙俄在与清政府1858年签署《瑷珲条约》时，故意借条约不同文本偷偷把这一地区窃取。1938年6月底，苏军突然占领了张鼓峰，在山上构筑工事，布置铁丝网。日本人认为，苏军占据张鼓峰等于拥有了可以控制朝鲜和中国东北的战略要地。但是由于日军正准备进攻武汉，各路日军正作频繁调动，难以大规模地与苏军冲突。大本营只好命令日本关东军进入了一级战备状态，同时内阁指示日本驻苏大使重光葵与苏联进行调解。苏联明确表态，不可能从张鼓峰撤军。重光葵的外交斡旋陷入了僵局。日军大本营痛下决心：夺回张鼓峰。7月30日起，日苏双方展开对沙草峰、张鼓峰等高地的反复争夺，并不断增加兵力。日军参战总人数近7000人、火炮37门，苏军在8月5日前，在战斗行动地域集结了1.5万余人、237门火炮、285辆坦克。另有250架飞机支援苏军部队行动。8月11日，根据日方的建议，双方停止战斗。苏军控制了张鼓峰，占领了沙草峰；日军撤退到图们江西岸，放弃了一向坚持的边界线。而后，双方签署协定书，领土维持现状不变。

八月十八日　星期四　气候：晴

昨夜我又那个了。自己无聊，为何不顾自己之安适耶？

今日有飞机过境，皆系由东向西，先一只，后也是一只，但有人言四只，不知准确否？

今日身体仍未愈，饮食不敢多用，为隐患也。

八月十九日　星期五　气候：晴

晚间因与鉴弟等闲谈，伊言伤兵医院之看护不是好人，勾引长官，行不法之事。此种话闻之令人可恶，全无心肝之人，始有此种思想。伊等大多数离开过去的优裕生活，到来极苦的生活中，为国尽力，不向王孙公子献媚，何向丘八献媚之理也？且就有此事，也不应有此事说出也。我为民族前途悲，有个知识青年说出此种话来！

八月二十日　星期六　气候：晴

今日天气晴朗，下午有阵雨。

去许村邮局取报未得而归，路过油榨，得《东南日报》，阅之，见十七日载消息尚佳，无变化。

许本良由双溪返，由此路过，稍坐即去。

婆媳两人因话不投机而争噪［吵］，儿子与丈夫在两面调和，只劝母，不劝妻；只说母，不说妻。怪哉，奇哉，吾不知也！也可说为一公式差不多，现代成为定例了。

八月二十一日　星期日　气候：晴

昨夜我又那个了。

鉴弟丈母娘来告：鉴弟之太岳丈病重，命伊速往一见！吃早中饭后，陪同鉴弟夫妇同往伊家，晚宿于彼。

八月二十二日　星期一　气候：晴

下午偕同鉴弟夫妇、小姨、小叔来许村。

晚饭在夜色茫茫中，匆匆食就。

十九日报载：赤湖两岸，仍无变化，我攻大树下，有进展。敌犯香山，已被击退。苏日停战协定已成立，张鼓峰一带极为平静，两军均无执衅行动，十四日起，日军由张鼓峰撤退者甚多。倭国各地取消灯火管制，倭寇阴谋未遂。日本驻巴尔干半岛与近东各国大使、公使，目前在土耳其伊斯丹埠港，召开神秘会议，企图在近东酝酿事端，曾经土政府反对，并致牒日使抗议。

八月二十三日　星期二　气候：晴

晨，天色未明，即为鉴弟所噪[吵]醒，因伊欲往城里购衣料故。下午伊偕赶牲口者同返。

鉴弟去城里带来杂志四册，《新阵地》，《新中国》旬刊，《全民抗战》三日刊等。

近日报载，战事无变化。

无聊，翻出岳飞之《满江红》而熟读之。

八月二十四日　星期三　气候：晴

昨夜我又那个了。

昨日带来之杂志，今日已将其读完。

晚间忽接二舅父来快信，由东台小海寄来，八日发信，今日收到，不为不快矣！至上月二十八日，我军克复东台，伊等得重见天日，扬州、东台、上冈、洋岸，各地皆有损失，多少不等。闻母大人等又欲由小海搬回东台暂住了，闻之大慰！但不知可能如此安闲否？

下午见乌云涌来，小雨数点，阳光又行涌出。

八月二十五日　星期四　气候：晴

今日为闰七月初一日。

下午天色改变，有阵雨，雨住天晴。

祁村有人来告：鉴弟之祖岳，已病入膏肓，呼吸危急，旦夕欲死，命伊等前去见最后一面。伊等得信后，在暮色茫茫中，匆匆而去。

去邻家，借来小说数本。

今日便中写数信，附入鉴弟信中，寄与舅父，请其转发，寄转父母大人、大姨父母、大舅父母等，告伊等客居多吉，问伊等之安健。

八月二十六日　星期五　气候：晴

昨夜我又那个了。

旁[傍]午，祁村又有人来报丧，云伊老太爷于昨日旁[傍]晚酉时寿终正寝,今日巳时入殓。

今日看唐次颜之《最后的挣扎》,韦雨萍之《梦里的情人》,韦月侣之《爱的速成》,均觉无意义,不愿意看了,转而看《儿女英雄传》,尚觉极为好些。

晨,舅母往许村送信,我起来守门。

舅母今日领人割稻,因伊等不在家,伊一人似觉忙也。

今日下午有阵雨。

八月二十七日　星期六　气候:晴

昨夜我又那个了。

连日因自己不知爱惜,任意毁坏身体,以至弄得自己一点精神也没有,自己也觉得可惜。

下午有阵雨,气候转凉。

八月二十八日　星期日　气候:晴

昨日大雨,今日清晨天色仍未晴,阴云四射,大有大雨欲来之势。

舅母命人去祁村,叫伊等夫妇回,谓猪子有毛病要杀了,伊等即冒雨回。因看小说,报纸来,不愿意看。

八月二十九日　星期一　气候:晴

昨夜未眠,因伊家杀猪故,我又不敢起来看,延至屠夫去后,我即起来了。

乡人皆有此俗,杀猪要请客的,晚间请来邻人数位,合共一桌,小酌。

八月三十日　星期二　气候:晴

近日气候已有秋意,清晨起来,似觉较凉,身心稍安定者,可以不要出汗。

燕北间人之《儿女英雄传》——不知可是的确系燕北间人所著否——已阅完。想一想,不觉得有意义,完全为儿女英雄,才子佳人之事迹,与普通章回小说无两样之分别。我觉不及曹雪芹之《红楼梦》，文字之清丽，结构之细腻，意义之无穷。不觉其自称之妙也，或排版不清，手民误植，有损其面目，使其叫人看了有是非之感否？

“安得壮士挽银河，说尽甲兵长不用”，这两句是应古人之言，而现在的银河，不要说说甲兵，一定要被甲兵断了水波。那么着，寇氛弥漫着河汉，织女与牵牛那两颗天上的孤星，只好望着银河的西东，不能如偿他们一年一度相会的宿愿。明日的双七夕，他们也在安排苦恨的思绪吧！

八月三十一日　星期三　气候：晴

昨夜我又那个了。

鉴弟夫妇性情古怪，皆可自己[以]为是，从不受人劝一言。那也好，不然，何能成为夫妇？可谓性情合得来也！

忆今日为晨社四周纪念，去岁今日为纪念一周年，是何等热闹，而今日人各东西，扬地陷入敌手，何日得恢复旧有河山，重整晨社呢？

这个八月最末的一天，在今年的旧历上确是闰七月七日，所以照通俗说，今天的夜里，叫做双七夕时节。老早过了秋季，早晨和夜阑，微拂的风片，也已经带来了几分凉意。但异常的情形到底不能掩饰的，日间还在炎威统治的阶段内，气候这么窒闷，太阳这么猛烈，系天空在作怪，把炎夏的季候拉长了，这逼当地是对衫，旧历七月的“闰”字的一个表现。“双七夕”，写上了这个题目，自己似乎有点禁不起桃色的憧憬，我想很多人对“双七夕”这三个字，怀着腻情的香色的感觉吧！是的，一定有很多人是如此的，我却不会是其中的一个，因为我没有一种幸福，虽然是一种苟安性命的幸福，相反地，和普遍的流亡者群顶着遭遇一样！

九　月

民国二十七年（1938年）

九月一日　星期四　气候：晴

今日无事可记。

鉴弟为伊太岳丈书挽联，我见之不合，因伊等难说话，故耳不愿多言。

今日忽觉头痛，大有坐卧不宁之势。后又好了，晚餐减食，以防不策，以少吃为是。

九月二日　星期五　气候：晴

早餐后，去祁村，为鉴弟之太岳丈行礼也，晚宿于彼处。

下午去蕃村，访鉴弟戚鲍德寿君，未遇，怅甚而归！借来《红楼梦》四本，以消长夜。

九月三日　星期六　气候：晴

早餐后，由祁村返，天气炎热，衣履尽湿，甚不愿走此路也。

九月四日　星期日　气候：晴

长日无聊，以小说为消磨之第一法。

昨日我又那个了。

九月五日　星期一　气候：晴

气候已入秋景，凉风瑟瑟，早夕与中午已觉两样了，气候之变化真神妙也。

秋，是一个可亲昵的季节，那天空的高爽，那月亮的幽明，那黄花的灿烂，那秋虫的低鸣，自然界的一切现象都在墨人骚客的笔底，变成了诗句，美丽而铿锵。但今年的秋天，带给我只有一片感伤的记忆！由于这山岗的秋色的动人，更使我联想起那江南的秋天。我今年二十一岁，可是在江南，就整整度了七个秋季。我不会而且也不能忘记那儿的秋天的一切：广漠的平原，三人两人的草舍，农人愉快地在田野中收拾着一年的收获，树叶的绿素，还没有完全退尽海洋的气候，调节的江南的深秋有如三春。现在应该是鲜蟹上市的信号，我记起了昆山那座小小而丰腴的县城，静池蹲在洋[阳]澄湖的岸边。每年洋[阳]澄湖中出产着大量的美味的肥蟹，畅销于苏沪一带，富庶了这座小小的昆山城。我更忘记不了昆山城中那座矮矮的马鞍山，这是江南大平原上的奇迹，仅有的一块凸起的丘陵地形，每当这个秋空如洗的时节，吸引着多多少少的千数游客。使这个小城的秋色，点缀得更为精彩。然而昆山是沦陷在野兽的手里，已经一年了，我曾在那儿度着我的黄金般的中学生活，有着不少可纪念的友人生活在那里，我真不敢想象他们的命运。忘记是那[哪]一年的秋季，我曾和友人们作一无锡的旅行，那太湖的秋波荡漾，那蠡园、梅园的秋花灿烂，将永远刺激着我的神经，不会一刻遗忘。人们却厌恶无锡的工业的烦嚣，却不知道它的郊外，正有着比姑苏更美丽的自然景象也！是这么个秋深的季节吧：太湖的水面，在秋风的吹拂下，掀起微微的绿波，我们驾着小叶的小舟，在金黄色的日光下拨浪前进，湖中生满着肥美的菱角，水浅处，随手可采来食吃。当时的心情，真只有悠静和愉快！船经过蠡园、梅园、源[鼋]头渚，我们都登岸去玩，这是湖滨最著名的胜迹。各色各种的菊花遍放在园中处，源[鼋]头渚伸长在湖心，更使我难忘、留念的半岛。最使我难忘的还是那许多江南的友人，虽然在某种情形上，他们没有广东和宁波的友人给我的印象之深。但他们都一律的具有一副善良的灵魂，和温柔的性情，特别的在知识方面，因为江苏的教育的普及，都能够达到水平以上。现在江南差不多全部沦陷了，他们的消息完全给隔绝着，也许有的早在敌人的蹂躏之下而死亡，有的在避着敌人的凶酷而奔上了渺茫的不可知的流亡途上，但最大多数的，我想是应该在极度的创痛之下，而勇敢地站起来了吧！秋，虽然给我带来了感伤的回忆，但我相信这感伤决不会久长！

——录《徽报》。

九月六日　星期二　气候:晴

连日皆有飞机过境,辘辘之声,闻之令人恐其生蛋之可畏也!

感谢新时代的暴风,给我们卷入这革命的洪流里,从实际工作中,所遭遇到的苦难与磨炼,增加了我们在激烈斗争中的胆量和勇气,造成了徒步五千里长征的新纪录。这一年多的生活,使我们由生长而健壮起来。当工作方式转换的今日,迎来的是一个战斗的新生活,抚今追昔,应给以检讨与回忆。使我们不能忘记的,是“八一三”全面抗战爆发的那一天,全中国不愿做如隶的人们,开始粉碎他一切离奇的梦幻,英勇地站起来了。……突然淞沪失守,京都沦陷,抗战的烽火燎及中原,许多的事实教训着我们,使我们认识了要支持这一次伟大的抗战,要取得最后的胜利,必须深入农村……我们曾爬过拔地数千尺的高山,绕过三湾十八崖的丛岭,我们遭遇惊人的匪警,冒过狂风暴雨的袭击,在黑夜,在深宵。过去的一切异常流过心头,可是以前走过的地方,现在是一片腥膻,被无情的炮火毁灭了。忆起秋水长天人过少,冷清的落照,剩一树柳弯腰的词句,为之黯然者久之。……我们认定今后的工作,必须切合实际,惟有不落空的工作才有价值,惟有战斗性的生活才有意义!国家民族已进到生死决斗的关头,我们还妄想计划么?还希冀什么?除了各人拿出一颗颗赤忱报国的良心,立定为国家为民族洒最后一滴血的信念以外,一切我们会视同浮云流水,幻影昙花的,我们默记着,想望着的是:湖旁无恙,嗟南来已半载余,长江在望,问北渡以何时?

——翰飞《横过了长江》,《战地》第六八期。

九月七日　星期三　气候:晴

连日无聊,以小说为消遣品,看得我心神恍惚,自念一事无成,将来不知依于胡底。国家不幸,累我家人东逃西避,学业不能成,在此如何了局也。不由我忧闷难忘,延误时机,悔之晚也!

夜间偶得一梦,梦我与母大人。母大人来床前,告我,给手镯一副及银如意我看,势为我定亲之彩礼。忽闻门外有人声,势有盗来,母大人熄灯避之。正为难间，闻鸡叫而醒。梦睡之事当不足信，但我因思念母大人之故，或有此事之发生也，言念及此，不由我泪欲坠。事事不顺心，数年来，使我对于人间世之经历，得的太多了！

九月八日　星期四　气候：晴

昨日下午身体忽然不适，伤风，大约遭了凉了。

鲍得寿君昨日来访，晚间陪伊雀战，又受了些外感，劳了神，故耳今日仍未痊愈。

昨晚雀战，又是先胜后败。反而今日无得，可又得胜了，真奇怪，我是专为送款给人的。

鉴弟已得校中通知开学，心中之得意可知，骄态可见，面有得色。我见之，甚为气恼，我为何无书可读也！

忆伊放假来归之时，声称校中下学期不能开学，我辨其非，伊决不深信，今日已得通知开学，可佩我言之不离分寸也。所念吾人皆以自己为无所不通，无所不达，他人之言，皆可不足信，一朝得有事实存在，则哑口无言矣。我以为不可，人忌说满话，古谚确有道理在！

九月九日　星期五　气候：阴

晨，阳光高射。下午天色忽变，有阵雨，气候转入新秋矣。此所谓天时之变化不定也。

鉴弟夫妇及鲍君往上丰，劝我同往。我一因小病，二因懒走路，故耳未去。尤其责我不随和吧！

连日阅报载，消息无变化。

九月十日　星期六　气候：阴

昨日之阴霾细雨，清晨仍有数滴见地。天色虽见开朗，阴暗之像未除，阳光因之而逃避，未见出现。

小病已愈，幸甚。

终日沉闷，无有一得慰寂[藉]者。

九月十一日　星期日　气候:阴

今日天色虽晴,阳光甚觉含羞而出也。

昨夜我又那个了。

昨晚即有人来告,今日有兵过境,见其番号为一百[零]八师,由此过岭,向前方进发,待佳[音]来告也。

鉴弟夫妇由祁家巷返。

想想闲书看了无益,恨而弃之,转而阅他[它]书数页。

九月十二日　星期一　阴

今日天色仍未放晴,阳光时见时没,恐有雨意,夜间抑在次日?

舅母今日去许村来告:云许本良有病在呈坎,伊家母姊皆赶往探视了。不是未考取,而怕羞来见伊等,此时伊等无话可说了。总以为自己有多大学问,目空一切,看不起人,任意混言,我代其可耻也!

自伊放假回家,未常一日离口言学校中事,自以为除我外,未有他人读过书势。徽州中学虽是省立,我觉不及一私立中学好多了。还是处于山僻之地,无见识之谈,没见外面之现世,虽一小学生之气度,较之尚觉昂昂然。

九月十三日　星期二　气候:阴

今日天色仍然阴暗,时有细雨,大有秋意。晚间又有阵雨,冷雨凄凄。晚间挑灯听雨,大有诗意。学做诗翁,有此兴,可有此闲暇否?处此时局,只好及时行乐耳!非有兴也,不得已也。

读书又无此耐性,看闲书,又无心神。终日混沌,脑中生痛,不知我如何自解也!

九月十四日　星期三　气候:

今日天色仍然阴暗,有细雨。

今日又有军队过境,见番号,为补充第四团,大约为壮丁,冒雨由此而过。闻为走错路径了,后又改往呈坎,过杨干,出汤口,前往了。

将黑，闻机声辘辘两次，飞机过境了。

九月十五日　星期四　气候：阴

近日天色阴霾，气候甚凉，大有秋意。

昨夜我又那个了，今日全日身体不快，下午似觉又欲病了。因尚调节得好，故耳未病倒，而又发瘾了。

因无聊，与鉴弟等走棋及雀战，以消磨长日长夜。

长日无聊，读《红楼梦》，闻此数言："红绡帐里，我本无缘；黄土泷[垅]中，卿何薄命。"记之，以为我念珍姊之写照也！

九月十六日　星期五　气候：阴

昨日旁[傍]晚之彩霞，报今日天色之放晴。晨起开窗，见阳光高射，数日来之阴沉，耳目为之一新也。

清晨在床上，忽思家庭及个人将来之出路问题而坠泪。国难方殷，使我更加悲忿！欲出外替国家出点微力，又念无今意之同志。与世俗者同流，大不愿意，因之使我后退，不思出外之念，仍愿出于消磨岁月之家庭，不愿作那沽名钓誉，只为空口说白话之人。

早餐间，闻飞机过境。

九月十七日　星期六　气候：晴

今日鉴弟忙于整理行装，准备进校。我也忙于整理行装，备去呈坎也。

鉴弟夫人今日又病了，不知何故？舅母劝鉴弟等两日再去校，伊不肯。因足痛，母爱子故，去许村叫轿一乘，用以代步也。

今日晚睡较早，次日好早起故。

下午两闻机声过境。

九月十八日　星期日　气候：阴

今日天色阴霾，有小雨。午间放晴，晚间忽又转阴，有细雨。帘外可闻声。

今日为日本侵占东四省七周年纪念日，而天色阴霾，似有苍天亦代为悲忿也！当此悲惨之时日，能不念我同胞之受蹂躏，而思早日恢复我失土，以慰我们去世的先烈之灵耶？

忆去年今日在扬，晨社曾举行扩大纪念，去县党部做纪念周后，去城市之每个角落里演说宣传，同时有地图及漫画，以为醒目之助。而今日晨社瓦解，每人皆流离失所。忆之，不胜有今昔之感也！

鉴弟乘轿进校，行至中途，得伊同学之告，校中尚未开课，因而仍返家中。我因路已去其大半，不愿再回，故耳未同伊去，仍向前行走，走来呈坎。闻外间曾有一信来，伯父交祯祥姊带往许村，因路走的不同，故而未能遇到。怅甚，信不知何日可以得到耶？

九月十九日　星期一　气候：阴

昨晚之雨，连落于今日，时落时息，终未见其晴也。次日之天色，不知如何也？

今日阅报载：前线消息无变化，一路相持于南浔线，一路相持于武穴以东，一路敌军攻潢州、商城未逞。国联大会已开会，我国代表提出盟约第十七条之应用，俾以切实有效的手段，援助中国一层，期望已久，何日实现？未便长此静待，若不实现，我国有退出国联之说。想仍然是虚文，实行恐不可能，抑时期未熟否？政局因英首相张伯伦[①]赴德与希特勒会晤后而和缓，法果恐牺牲者仍为捷克。曹聚仁[②]先生为中央社之特派员，随行在江南战区一带，《徽州日报》托其曾作一文发表也："鸡鸣月落，刁斗声残"。——十七日

今日已恢复常态，习字，阅书。

注释：

①张伯伦（1869—1940）：即内维尔·张伯伦，英国政治家，20世纪30年代绥靖政策的代表人物。1869年3月18日出生于英国伯明翰市。1889年，伯明翰梅森学院（今伯明翰大学）毕业，先在一家会计事务所工作，后经营剑麻种植园，担任两家金属加工公司的董事和经理。1918年当选下议院议员，1922年起历任邮政大臣、卫生大臣、财政大臣等职，为保守党领袖。1937年5

月28日，张伯伦出任首相。此时欧洲的安全已受到德、意法西斯的威胁，张伯伦对希特勒和墨索里尼作了一系列让步，想借此换取欧洲的和平。他所执行的政策被后人称为“绥靖政策”。1938年希特勒出兵侵占奥地利，随后又陈兵捷克边境。张伯伦在下院发表演说谴责德国的侵略行为，但无具体的行动，相反默认了意大利侵略埃塞俄比亚和德、意武装干涉西班牙，并纵容日本侵略中国。在随后出现的苏台德危机中，张伯伦于1938年9月间两次飞往德国亲自与希特勒会谈。9月28日至30日，与希特勒、墨索里尼和达拉第在慕尼黑举行会议，同意德国对捷克斯洛伐克的领土要求，并迫使捷克政府同意慕尼黑协定。9月30日张伯伦同希特勒签署了《英德互不侵犯宣言》。张伯伦的“绥靖政策”在国内招致许多人的反对。1939年3月德国侵占整个捷克斯洛伐克后，英国开始采取措施加强防御，张伯伦宣布给予波兰军事保障。9月1日，德国入侵波兰，张伯伦对德国发出最后通牒，在遭到德国拒绝后对德宣战。战争初期，张伯伦并未有效地组织全国进行战争，出现了前线无战事的“奇怪战争”状态。1940年5月10日，德军入侵荷兰、比利时、卢森堡，直接威胁英法安全，张伯伦的绥靖政策彻底破产。德国在西线发动进攻的消息传到伦敦，英国举国哗然。张伯伦遭到朝野一致的愤怒谴责。同日，张伯伦被迫下台，让位给丘吉尔联合政府。同年9月9日，张伯伦病逝。

②曹聚仁(1900—1972)：民国著名记者、作家。浙江兰溪人。毕业于浙江第一师范。1922年到上海，任教于爱国女中、暨南大学、复旦大学等校。“九·一八”事变爆发后，曹聚仁和朋友们创办《涛声》《芒种》等刊物，为《社会日报》写社论，为《申报》副刊《自由谈》撰稿，成为上海望平街的活跃人物，与鲁迅等交往甚密。1934年与陈望道等合编《太白》期刊，任《太白》月刊编委。1935年，主编《芒种》。同年，他与邹韬奋、沈钧儒等成为抗日救国会11名委员之一。1937年“八·一三”淞沪抗战爆发，曹聚仁“脱下长袍，穿起短装，奔赴战场”，开始“书生有笔日如刀”的战地记者生活。由于他对淞沪战场出色的现场报道，不久被国民党中央通讯社聘为战地特派记者。曾首报台儿庄大捷和首次向海外报道“皖南事变”真相。1941年，在江西赣南的蒋经国邀其创办《正气日报》，任总编辑，使该报成为当时东南三大报之一。抗战期间，他巡游东线战场江西、福建、浙江等地，写下了大量的新闻报道、人物通讯和战地杂感，广为《东南日报》、《前线日报》、《大刚报》、《立报》(香港)、《星岛日报》(香港)等报刊登载，部分内容甚至编入战时教科书。

九月二十日　星期二　气候:阴

昨夜我又那个了。

因精神不佳,懒得动,事情故而未做。

因昨日之带来口信,伯父今日去潜口接桂姊来。

因厘表兄由扬发来之信,今日在无意中见到,已有十个月不见其字矣。录之,以为将来之纪念也:

表伯父母大人:尊前久未赐训,时深思慕。近想玉联康泰,潭第多吉是祝。侄由旧年玖月回扬,一切尚好,舍间及仲叔府,幸无大损。现二婶母、祥哥等,仍在东台。荫祯谅在徽安好。先父常州之血汗已尽付丙,奈何!各公司所存之盐,据闻早告尽矣,未知确否?二叔处已有三月未通信息,因便人受交通所阻。耀昆余时有信到徽。现扬地甚靖,祈勿饰念!暇望赐示免盼,专吉敬祝双便。——捌月拾壹日。

报载:各线沉寂。欧局又因法首相德拉弟及外长庞莱,飞伦敦访晤而转有新气象,有共同阻德捷堪界之说,待英相二次访德后,可有澄清之望。但捷政府发表公报,云所定计划,非有提政府同意不可,而前途尚有多少困难也。捷政府已下令解散苏台德党之说,通缉洪论已交最高司法当局研究,苏党组便衣队扰乱。不知消息如何,有待证实也!

九月二十一日　星期三　气候:阴

今日天色仍现阴霾,但未见雨。

报载:敌又在香山登陆。苏北宿关坝发生激烈战。国联大会我代表坚持督促根据盟约第十七条,关于会员国与非会员国发生争议之条文,调解中日争议,已发出照会通知倭国,倭内阁将于今日开会讨论一切,闻有拒绝大会之邀请云。敌在进退维谷的当儿,作"孤注一掷""声东击西"的故技,作最后的试探,有用舰骚扰浙江海面闻。恐浙海已封锁了,沪地交通,因而中断矣。

九月二十二日　星期四　气候:阴

今日鉴弟由许村来,过此往校。带来前次之信,共四只[封],有记之必要者记之:

祯览悉,日久未晤,殊深系念。未谂何日来呈,籍慰心臆。我前已得接尔哥及昆弟来函(今附阅),皆由东直接寄来,我当时即先后寄复两函,至今已逾一月、半月,谅近日投到。据尔哥云称,故附伴赴扬一看,我去信时亦经阻梗,嘱其未收复之前,不必冒险,即有损失,只好听天命,曾不悉此信迟到时有效否?徽中校开学,光鉴曾否到校,断不致过门不入?日渐秋凉,望早晚加衣要紧。便泐,顺问近佳。尔舅母前请前。伯父平安字。又七月二十四晚。

父母亲大人膝下:叩禀者,自去岁十月间未通音信,不知两大人精神康健,时刻挂念。男自二月间由长回洋,未及一月后,又避至东海滩,半月后方能回家安居。虽时受惊恐,幸阖家均平安。现盐、兴、东、泰交通已恢复,男特来东,至二伯父母处请安,幸喜均安健如常,祈勿饰念。兹近来徽里情况以及大人康健,桂姊平安否?念之,恳祈示知为祷!肃此禀陈,叩请福安。坤男叩上。古七月廿日。古又月初八日,早到潜口徐府,祈代报告平安并请安。

伯循仁兄台鉴:顷接惠书,并嘱转寄令弟一函,当遵所请,即日附邮,祈勿饰注。前者东台邮政已通,以后若有函至东,可直接投递到,则毋多费时日,便利不少,顺以告知。祈亮发为荷,专此布覆,叩请大安!弟张一峰谨启。八月二十九(九月十七收)。

九月二十三日　星期五　气候:阴

报载:我国驻美大使王正廷[①]辞职,由胡适[②]继任。

前阅《捷报》(南昌版)载:苏联大使由杨杰继任,德大使由外次陈介继任。不知对于将来外交上,可能开一新纪元否?国联大会讨论滥炸平民问题,英外部秘书长华尔斯特发表演说,建议三项,要求大会表决通告,即(一)宣布轰炸平民者为非法;(二)空中被攻击目标,必须易于辨认,使攻击者有加以轰炸行为权利之目标;(三)凡轰炸此项目标时,必须取慎重之方法，使目标附近之平民，均不致因轰炸者之疏忽而被炸。国际法以人道主义之立场，规定海陆军战时行为限制，系逐渐实施者，今日为人道主义计，空中战时行为，亦须加以考察云。此又是空言，对事实无补。英法以重大压力加诸捷克，因此被迫接受英法之计划。德以武力恫吓，纷纷调动军队。英法恐吓诱骗，捷终忍痛牺牲。英首相今日再度飞德晤希特勒。美表示不满英法之计划。苏仍沉默，不表示态度，怪哉？

注释：

①王正廷(1882—1961)：原名正庭，字儒堂，号子白，浙江奉化人。民国时期高级外交官员。1928年6月王正廷任南京国民政府外交部长、国民党中央政治会议外交委员会主任、中央执行委员等职。10月与日本代表谈判"济案"问题，未能取得进展。其后曾与美、英、法、德等国订立"新关税条约"，争取到西方国家一些让步，但没有实质性的进展。他执行蒋介石对日妥协政策，引起群众的强烈不满。1931年"九·天一八"事变后，被迫辞职。1936年8月出任驻美大使。1938年9月奉调回国，任国民党中央执行委员和国民政府委员。抗战胜利后回上海，任上海市参议员、全国体育协进会理事长、中国红十字会会长、交通银行董事等职。

②胡适(1891—1962)：徽州绩溪人。原名嗣穈，昵称穈儿，学名洪骍，字希疆，后改名胡适，字适之，笔名天风、藏晖等，著名学者。抗战初期，出任国民政府国防参议会参议员。1938年，被任命为中国驻美国大使，在美国及加拿大游历及演讲。转游法国、瑞士和普鲁士。10月3日，由欧返抵纽约，5日，赴华盛顿就任。1939年，获得诺贝尔文学奖的提名，在这期间一直担任驻美大使。1945年4月25日，胡适出任国民政府代表团代表之一，在旧金山出席联合国制宪会议。9月被国民政府任命为北平大学校长。11月以国民政府代表团首席代表的身份，在伦敦出席联合国教育科学文化组织会议，制订该组织的宪章。1946年6月1日，五十六岁的胡适由美国动身回国任北京大学校长。1949年4月前往美国，后专注于学术研究。

九月二十四日　星期六　气候：晴

今日天色已放晴，阳光高射，见之较觉有生气也。

今日为旧历八月初一日，时间已踏入了八月，秋日佳景，已到极盛之时了。

报载：豫鄂赣边境我敌血战，毙敌五万，战况惨烈。国联大会我代表发言，国联应以具体行动，制裁侵略国，反对仅通过客观之议案。苏外交人民委员长李维诺夫，抨击国联未能保证会员国。首相张伯伦昨与德元首希特勒在哥德斯堡举行谈话，为求英德友好，竟牺牲捷克。匈牙利、波兰两国又要求捷克实行自决，要求少数民族自决，迁就和平，将引起无限纠纷。张、希二氏两次中途延期，伦敦方面震惊，恐又变新局势。张曾提四项条件：(一)组织国际委员会，确定捷克新边境，并监查交换居民事项；(二)德国军队，立即复员；(三)德国与其它各国会同发出宣言，吁请各方于新协定实施期间，一律维持和平；(四)保障捷克领土完整。希未有谎言云。

九月二十五日　星期日　气候：晴

今日天色已大晴，无昨日时晴时暗之象。气候庄纯和中，对于人之身体，甚为适当也！

昨夜睡稍迟，阅报纸数页。我又那个了，今日因之脑精[筋]晕花。

沉默多时之苏俄，由其外长在国联大会席上所发表言论，可洞悉其国策之倾向——赞助国联之制裁政策，抨击英法对捷克问题调停失当，苏联政府决根据盟约履行义务，援助捷克。而现出欧局前途发展之困难，吾人当得佳音之显传也。

九月二十六日　星期一　气候：晴

国联实施盟约与规条后，孔院长发表谈话，希望国联应采取具体行动，勿徒以空洞之希望为已足，能确实履行盟约与所规定之义务。

今日偕大伯去潜口桂姊家小住，并向其付币五元，为赌本。

下午雀战，付去大洋六角。

报载：南浔线右翼我军获捷。希特勒拒绝张伯伦之要求——谈判一日未止，德国军队，即一日不侵入捷克境内。英德谈判已破裂，法捷均动员，现局入严重阶段。义[意]相发表宣言，为希氏声援。波兰军队如开入捷境，苏波外交即将破裂，苏波不侵犯条约将宣告废止，苏外交部长已照会波代办。日本拒绝国联之邀请，国联将实行制裁手段。欧局严重此其时矣！

九月二十七日　星期二　气候：晴

今日又雀战，小胜，进五角。

欧局和战，最后关头，美总统呼吁和平，亲示英、法、德、捷四国当轴，请使用理性，勿诉诸武力，任何难题，均能和平解决。德国所提之备忘录，限十月一日占领苏台区，划界时，应举行公民投票，释放被拘押之日耳曼人。

九月二十八日　星期三　气候：晴

今日又雀战，小胜，赢洋一角。

今日大伯已回呈，我晚间一人独眠。

我代表团邀请国联实施第十六条盟约，捷克亦将请国联援引第十六条。政院特出昨日讨论我国之声请。英法两国态度渐强硬，德展期占苏台区。德若摧毁捷克民族自由，英国自必而加以抵抗。捷讨论德备忘录，拒绝希特勒要求。

九月二十九日　星期四　气候：阴

今日天色忽转阴霾，有阵雨，气候因之而转入秋意，不如以前之热也。

今日又雀战，小胜，赢洋九角。

为要求保持世界和平，罗斯福①再度呼吁，并提议即召集关系各国举行会议，讨论捷克问题。英政府已下令，动员全国船队。伦敦方面，日侨现已准备撤退。欧局严重声中，沪外商银行发生挤兑，银行据满提款客，大都愿意兑美金。云今日为“八·一三”以来最忙碌之一日，有某德人开设之公司，已将其改为日方之财产。

注释：

①罗斯福：即富兰克林·罗斯福(Franklin D. Roosevelt)，美国第32任总统，美国历史上唯一蝉联四届的总统，美国迄今为止在任时间最长的总统。

在1930年经济大萧条期间，罗斯福推行新政以提供失业救济与复苏经济，并成立如公共事业振兴署(WPA)、国家复兴管理局(NRA)和农业调整管理局(AAA)等机构来改革经济和银行体系。1941年12月7日，日本突袭珍珠港，太平洋战争爆发。美国国会应罗斯福之请求，于12月8日开会，四小时内通过对日宣战的决议。12月11日，德、意对美宣战。参战后，罗斯福动员了全部工业积极从事军事生产。此时美国的军工生产约为德、日之总和；1944年则达到轴心国生产之两倍。战争期间，他将精力专注于战略问题，与盟国磋商未来之和平规划。1943年1月宣布轴心国必须无条件投降这一原则。1943年罗斯福、丘吉尔与斯大林在德黑兰会晤。1945年2月，三巨头再度在克里米亚的雅尔塔会晤。美国预计日本能再战一年半左右。罗斯福及其军事顾问欲争取苏联在亚洲出一臂之力，斯大林许诺了对日作战。罗斯福希望建立一个有效的国际组织，即联合国，以维护战后和平。他原拟参加预定于1945年4月27日在旧金山开幕的联合国成立大会。但自1944年以后健康情况每况愈下，1945年4月12日，因突发脑溢血去世。

九月三十日　星期五　气候：阴

今日雨仍未停，地面已落湿了，潜口街中集水成渠。

今日又雀战，小胜，赢洋一元余。

为解决捷克问题，英首相邀义［意］墨索里尼等，往德之慕尼黑城开会，希氏亦允展缓日期，进驻苏台区。现局严重，沪港人士，有迁往内地者。沪德侨迁入虹口日占领区。英军一营开往香港增防，港方准备战时一切，调集船舶，备侨民应用，有全集中在马尼拉说。

伯父今日托子锡舅带来信条一则云：我们同赴潜口时，巧值许村舅母于下午来呈，候至午后两点多时始回，乃因接到小海、沪张各挂号信及邮汇式百元，在家内不便，托人汇入折后，故亲来呈将汇票转托瑞霖代取，并嘱尔复信到各处答复。巧值我尔皆未面晤，伊候至午后始乃返回，顺瑞霖在家，特将汇票托子锡舅手携交尔。该端手谈劳神，必不致起大早起身返城，望即面交转托瑞霖代兑，该款不急需用，无论何时均可。所蒙复回信，我定明日代写寄去，时局变迁，未谂能早日投达否？今日尔与瑞霖手谈何时休息，各胜负如何？必并念之。再瑞近咳嗽好否？宜于淡淡为之。事本消遣，淡淡甚有味趣。并望珍体为联，尔再耽留数日，遇有同伴可来呈。好自练习,乃将来之根本也。

二舅父信云:大姨夫家因此次战事造成损失甚大。半年以来,望你们信眼望欲穿,尤其是荫祯之母亲,虑念更殷,好大如阴日见日……兄鉴既入学,荫祯在我家无伴,恐其居住呈坎为多日期。半年以来,我恐其荫祯在徽沉闷达于极点(确是),又兼之穷娘舅家无甚招待,尤加之不耐烦。不过此沿途实在不好走,无法如何,须知道随遇而安,安心静待!无事写字研究学问,为长者之愿望。荫祯之母亲及以次避居小海,计有五个月。荫祯之父亲未离东台(在最紧急之时,亦到小海避居几天。他八字最好,将一家之老幼责任完全交给我照应。有不宁静时,复又避乡海存,宁安时,搬回小海居住)。

十　月

民国二十七年(1938年)

十月一日　星期六　气候:阴

今日天色阴霾,雨已停落。

舅父来信告我:"念慈近日早上到我房间内,叫我公公,然后要钱买早茶吃,我每天总要供给他几文,小孩好玩又会说,望放心!"母亲之想念,爱儿之不能见面,阅至此,不仅[禁]泪坠,因之昨夜不能成眠,思之痛甚!

今日写信四封:一至鉴弟报告其父信;一至同厘表兄,劝其不必为将来生活悲;一至东地父母亲大人,因接舅父之信而思念;一至舅父信,附于父大人信中,告其来信已收到,并谢其好意爱待。

今日交洋四角,托潜口中和堂代购《抗战一周年》一册(浙江省抗敌文化促进会出版)。

报载:德安以西我军又获捷,毙两千余,夺获无算。皖南之东流,敌图登陆,我敌发生巷战。我军彻夜血战,克复宣城,残敌纷向芜湖溃退,沦陷九月又十二日之宣城(上年十二月七日)遂为我军克复,民众重睹青天白日旗帜,飘扬城垣。中央常会倡导征募寒衣运动,为伤兵与难民呼吁。国联政院开秘密会,通过起草委员会之报告,实行谴责问题,年末说明。比瑞代表认为,行政院无权谴责侵略国,我与法、苏代表反对此种主张,认谴责问题,已成为国联之法律问题了。倭军部与外务省争权夺利,对华中央机关宇垣辞职,危机四伏,敌国各种证券下午立即暴跌。江苏全省行政机构现已恢复,专员、县长,一律委定。解决捷克问题,四强签定协定,议定八条款,四国均同意,割土地后,仍须公民投票,四强所拟方案,传捷克已接受。

十月二日　星期日　气候:晴

今日为旧历八月初九日,慰甥二十寿衣,伯父未着人送礼来,我觉不好意,干给两元。雀战,转败为胜,进两角。

《前线日报》风传日久,已于昨日在屯地出版了,此皖南硕果仅存之文化营垒,又多一生力军矣。该报于战区政治部领导之下,由李俊龙为社长。据闻最大任务,在赠送前线将士阅读,鼓励士气,坚强信心,以达抗战必胜,建国必成之目的。

报载:田家镇我转新阵地,商城方面我军撤守。国联通过制裁暴日议案后,孔院长发表谈话,国联之建议案可谓正义之曙光,如早发动,暴日决不敢如此横行,我人今后仍一面继续努力抗战,一面商洽友帮,尽量予以援助。德第一批军队开入捷克,开始占领苏台区,德军趾高气扬,自炫光荣,捷人民被压迫,惨痛纪念。五国国际委员会首次会议,弱小者被压迫,饮泣吞声捷军指挥,以[已]训令捷军,勿骚动。

十月三日　星期一　气候:晴

因昨日子扬舅送来伯父信,今日午后光鉴又由校乘轿过此。据称到校即染恙,烧热、食不香、作吐,不得已返回就医。我坚留明早赴许,皆未允诺,而轿中又不好安眠,至家时恐老神极矣!并云嘱我侄[同]赴许村一行,今特函告,务望偕八舅舅午后来呈,以好第二日到许村,以为何如?初七早托八舅舅带交许府安信,并两百汇票,该与瑞霖接洽矣。时令冷暖不一,嘱尔姐领牵[带]小孩,多加衣服要紧!而来呈,而大伯因不放心鉴弟,不待我到,而去许村了。

德捷问题,已和平解决,果不出我之所料。捷克人民,今日获悉捷国屈服后,莫不呆之,表示惊异!捷边境驻军,已开始后撤——在此难之时期内,仍应付军人之天职。总理薛拉维:吾现处于最艰难之时代,因我必须执行较死亡之犹为惨痛之工作。吾人应承认强有力者,已对吾人施行压迫矣,弱小民族,受人之欺侮,可痛也!全世界的弱小民族,联合起来,反抗侵略!

十月四日　星期二　气候：阴

今日天色又转阴霾，无阳光，有落雨之意。

昨日我又那个了，忍了这许多日，今日第一次来，又作了，可恶！

大战行将暴发，欧洲局势，经过美总统的呼吁，张伯伦的势力牺牲了捷克的领土，终换来了和平的曙光。德元首希特勒没费了一粒子弹，一滴血汗，获得了领土的愿望，总可以踌躇满志了。在希特勒肘腋下匈、波两国，摇旗呐喊了好半天，白白的替人家出力，毫无所得（捷将特申区域割让波），怕不能就此罢手吧？欧洲的和平，果真算奠定了吗？我不敢信！

豫南、赣北、鄂东敌，迭受重创。京芜敌军增援六[六安]、霍[霍山]，窥敌用意将犯英山，我严阵以待，当予敌以最大打击！

十月五日　星期三　气候：晴

昨晚特由潜口来呈坎，因手痛故，是桂姊。

英海军大臣特夫故柏辞职，对英现实外交政策深为不满。保守党内，酝酿反对张伯伦。张特提出政府新外交政策，准备恢复英义[意]友好关系。

今日替桂姊写一封[信]至瑞霖，告其为手肿而来呈坎就医之故。

今日为旧历八月十二日，启祥兄三十大庆，请我拜寿吃面。

十月六日　星期四　气候：晴，下午阴

载报：川中亦发生空袭。英海相在国会中对首相颇多责难，对德委曲求全，而所得之报酬成绩极鲜。张伯伦被人责难后，自称无可耻之行为，对希氏、墨氏称颂备致，自炫四强会议可贵，已建立和平基础。

十月七日　星期五　气候：阴晴

连日气候大变，形似伏中，对于人之身体大有妨碍，宜防！上午天色忽变，阵雨，雨霁后，月光朗射，但热意未减。

伯母因气候之特变而忍耐不住，头痛、发晕、呕吐。就医诊治，无大碍。

报载:我弃隘口,阵线转进。芜北载桥,已被攻克,我大军迫进芜湖。吴逆孝候,任扬州伪组织常委,为虎作伥,罪恶多端,县长吕达钧密遣郭松林入城,除奸于三元巷口。倭外务省发言人称,将与国联断绝光系,但太平洋各群岛仍予保留,佐藤、有田、重光葵均拒绝任外相,不甘仰军部鼻息。捷克新内阁已改组,薛拉维任内阁总理。美国务卿威尔斯发表欲树立持久的和平,应实施三原则:(一)遵守诺言;(二)避不干涉他国内政;(三)各项争端,用和平方式予以解决之。又将有国联出现耶?

十月八日　星期六　气候:晴

晨,得父大人致伯父函。已数月未见其只字矣,摘之,以为他日之纪念也:

前接由沪转来八月十九日安信(现可直寄),随嘱彬荪禀复,谅可先达。旋又接荫祯由许村附来两信,均收悉。乱时得信,等于至宝,得之,全家大慰!弟由旧历二月下旬至六月下旬,在最紧张时逃出两次,不足旬日。其余均在东,不忍抛弃饭碗之所,幸公私无直接损失。私人间接损失算来,一很可以,如扬州田租已两年不收(现时且不敢下乡);家内请人看门(不久回去,小高现请同厘师娘),有家难归。彬荪夫妇想回去又无勇气,弟亦不敢主张放他等先回,苟延岁月。家人回家团聚,尚不知待至何时?我们已一年多未敬祖宗,扬如父母之墓,虽到扬亦不敢去祭扫!荫祯务嘱他安心暂住,现在无现时走路经验胆识,简直不能旅行,寸步维艰。祖宗之邦多住之更好,惟用功深读,莫负少年光阴而已。弟饱经忧患,神志散失,怕事怕烦。地方苟安,又有西水之患(幸不及氏,二十三达高邮,虽开两坝,此地涨水不大)。包场先被火,现在又防水,盐务遭劫,业务损失难恢复矣!荫祐……伏暑受凉……转夜咳痰……他亦随我等暂住,或到洋岸……不能回徽……中行所汇之款及牯岭之小二数,现时行已移沪……非弟处追查不可……拟退回,不汇徽也……全家住东平安,念慈会走、会皮。奶妈尚用住,无法送他回扬,奈何?一切未尽之言,随后再通讯……。

连日气候转变,热甚,粗布衣服,已不能着体,大有又入夏之象,真可厌也!

今日为旧历中秋佳节，忆去岁在扬地，因警报频传，有命不许赏月，而今人事皆非，我在此间，伊等皆逃亡东地，思之，能无感念耶？晚间，乡人作香龙戏[1]，向各店中讨香，无有不给者，锣鼓喧天，大有升平之象。

注释：

①香龙戏：香龙又称草龙、稻草龙，中秋之夜，舞草龙祈福、庆丰收。草龙由竹篾、稻草等材料扎成，以稻草搓成粗大绳索，再扎成龙首龙尾，形同长龙，龙身遍插香火，一人又一小南瓜，瓜上插香火，谓龙珠在前引路。后有儿童若干人各执稻草编之辫鞭地，谓鞭鞑子。草龙嬉舞时锣鼓爆竹喧天，利市彩纸漫天飞撒。有“蛟龙漫游、龙头钻档、头尾齐钻、蛟龙摆尾”等程式，穿梭于村中大道，每舞到一家门口即喊：“龙来，龙来，四季发财！龙到有福，买田做屋！”各户放爆竹、献供以应，又将点燃之香插入草龙身，每家每户舞到后出村，推草龙于河而散。昔时是夜还兴月下游，谓走月亮，除百病。又兴摸秋，即于深夜潜入别家田园，摸摘瓜果回家以趋吉。

十月九日　星期日　气候：晴

报载：战局稳定，我军可抱乐观，江岸敌军已渐肃清。捷总统发表辞职宣言，意受压迫而屈辱。英美协定成立，法美协定亦可成，皆是地中海问题及阿比西尼亚[1]之承认问题为交换条件。

注释：

①阿比西尼亚：即埃塞俄比亚，旧称“阿比西尼亚”(Abyssinia)。位于非洲的东北部。1890年，意大利入侵埃塞俄比亚。1896年，孟尼利克二世在阿杜瓦大败意军，意被迫承认其独立。1928年海尔·塞拉西登基，1930年11月2日加冕称帝。1936年，意大利再次入侵，占领埃塞俄比亚全境，塞拉西流亡英国。1941年，盟军击败意大利，5月5日塞拉西归国复位。

十月十日　星期一　气候：晴

昨夜我忽然又那个了。

伊等皆言伯母不好，不知何故？我想也未必诚如伊等言之甚，坏则坏矣，因避我去外间闲话，那是成了不蓄[1]之人了。不过社会上这些人的确是多！

今日为我之二十六岁生辰，在愁闷间渡[度]过。今年尚觉比较好，亦觉比较差，已往皆在不知不觉中渡[度]过，在家虽无多热闹，在此觉无此事也，确也甚好。年已二十六，亦无所成，今又在此过此沉闷生活，扰我青春，待等白头，我之生活如何安定也？忆之，不觉令我五念俱生！战事促成我受农村生活的洗礼，多少是伟大的么？

昨日报载：捷克成立斯拉伐克内阁，各党发表宣言，反对外力干涉。英美协定，仍多阻碍。外传德航空部长行来联法，确否待证。国际委员会，草率划界，捷克人士甚震惊——因有若干镇市，其中日耳曼人不及万分之一，亦割德。

注释：

①蕌(lǎ)：粗率，不检点。

十月十一日　星期二　气候：晴

昨日下午天色忽变，乌云四盖，势欲雨，忽又消去，雨真难来临也。

昨日下午许村命金善来接，我因时已太迟，不愿走了，故耳命伊个人回去，有便条一纸："金善刻来，时已晏，天欲雨，我不愿走了。明后日或命其再来，罚其做事疏忽，须用money用否？已备，我带来，勿急。"不知今日可来否？

今日报纸因未有便人带来，故耳未能阅到。

今日为国庆纪念日，辛亥革命成功之日。想今日为报[保]卫武汉，争国土，争民族之生存而战，不觉有前后不同之情势也。

晨，天色忽变，阳光放射不旺，气候有转变之势。忽有阳光突出，热日当空，令人气闷。

因桂姊等去潜口，彼等恐太忙，不便，加之鉴弟叫我，故我个人独来许村，尚觉不甚吃力。

十月十二日　星期三　气候：晴

昨日我又那个了。

《老残游记》，今日忽然而获，读完，似觉其太少也。讽刺笔墨，读之，甚觉其刻薄也！

昨今两日皆教鉴弟代数学。薛天游所编之书，今日得有销售于徽地，编得不觉其高明。多年教书之经验何在？徽中之程度可知，教员之不尽职，只知为混饭吃，真是误人子弟。教育之不良，可悲也！所谓战时教育，不过如此耳！战时与平时有何之区别耶？

十月十三日　星期四　气候：阴

今日天色忽变，气候转凉，已入秋意。

今日鉴弟之丈母娘来，系为送伊一双小儿女来此小住。因时候不正，邻家之小孩闹灾，来此小住，再为躲避故。清晨即来此，我尚未起。中饭后即去。

今日教鉴弟代数学，我亦自读英文数页。

十月十四日　星期五　气候：阴

今日天色仍现阴霾，有风，太阳出现不强，似有秋日之意。

今日仍教鉴弟代数学。

无聊，又将《红楼梦》翻出来复看了。

昨夜我又那个了。

鉴弟因偷懒，英文教我代故，因伊看不清，晚间又教我覆[复]抄一次。真可恶，又可厌！我自己没有耐心，早知抄的好些，也免去罚工也。

今日伊家用瓦匠，起敞屋，为的是猪好住。畜牲尚如此当心，伊等的话真不错，为的是钱耳！

十月十五　星期六　气候：晴

午饭后得舅父来信，得知喜甚，录之，以为他日之回忆也。

祯甥、鉴男入目：早前先后寄来函及由上海续汇贰百元，如收到时，盼即覆！今天下小雨，无事，以写信为消磨时间。昨天荫祯之父亲来函，云荫祯之母亲，近日精神不佳，饮食不香，大有老相，念慈好顽云……。光鉴之母亲精神如何？我一向还好！荫祯写信还好，不曾乱说，以时局只能如此。如光鉴来的信，不管三七二十一混说一阵，切戒以后不可，以免接信人担忧。我前次复的信，因他要问上冈、洋岸经过情形，从中亦答复两句，如看过，不必存留。我此刻因下雨无事，仔细思之，再重中切戒。以后来往通信，只谈家常便话，无关紧要地方上事，亦可问之。东台来信，云荫祯在最近时期已往呈坎，想光鉴秋季往万营业，不在家中，所以荫祯在许无伴，致往呈坎。我所料者，应该不错。专此，并询近佳……。

闻来信告我，母大人精神欠佳，饮食不畅。连年家事伤心，接之国事，逃难无宁日，加之气候不正，易起外邪，使身体欠安。闻之，游子之心碎矣！

十月十六　星期日　气候：晴

近日气候大变，严威长夏，忽入三秋，人人皆命加衣，以保体温也。

昨夜因得舅父信而失眠，闻母大人近日身体不健。而念游子他乡，双亲倚闾，能不令人焦念耶？

昨日接信后，拟复一函，因懒于此，今日仍未能做成。

闻他人报告，我军在前线大捷，毙敌甚多。

教鉴弟代数及英文。

十月十七　星期一　气候：晴

昨晚看书，不觉而眠，灯忘却吹熄。忽惊醒，赶忙熄去，遥闻鸡叫之声喔喔，知离天亮已不远矣。

清晨我又那个了。

今日仍教鉴弟英文及代数学。

伊家今日请人种菜籽，故耳甚觉忙了。

十月十八　星期二　气候：晴

鉴弟今日已去万安校中，继续求学，数日盘聚，又将小别，似觉孤单也。

鉴弟之丈母来探望伊之小儿女，父母之爱，令我见之羡慕也！

今日于无意寻出舅父致我等信(九月十四日发),内中有关于我之言辞,录之,为他日之忘也:

昨由上海转来荫祯代复先收到百元函,至今才收到。查询此信,在东未收复时,是由兴化转,阻滞,以致迟延于今。以后通信,违碍之言,宜少说为佳。荫祯心意,非蜀即沪求事。此刻完全不必,安心静待,俟沿途好走,先行来外,将你父母手续了过(即你之亲事),其次再想做事。且此时局,免得你父母多一忧虑。惟你母亲身体既不佳,爱你之心尤胜于人,望你体谅,是所至嘱!光鉴今秋还是在家,还是在万继续做事?他以后来信,亦不必用家号信[笺]书。光鉴之母亲精神好否?念我如恒……。

父母之爱,阅之,令我泪坠!困守此间,何日得承欢膝下?

十月十九　星期三　气候:晴

鉴弟之丈母娘今日又来,系乘轿来接伊子女回归也。今日始得伊将儿女放在此间之故,谓邻人之儿子,要伊子同去一同嬉游,故耳吓得不敢在家,而来此躲避也。

送鉴弟之轿夫于下午回,带来鉴弟平安便条一则。

母亲大人:到此已晚,一路平安,请可放心!雪花膏因不便与轿夫带,故暂不购,此禀。男儿鉴禀,即日。

舅母心安神定了。

十月二十日　星期四　气候:晴

鉴弟之小姨,今日已偕伊家之帮忙者同去。小人儿性何急?留伊不住。

昨夜我又那个了,可恶!

今日又将德文二十六字母记熟,不知可能不再忘却,以后拟用他法,时刻记之,使其不易忘也。

已是深秋的时候了,小河边的晚景被笼罩在寒月的亮光里。静如水中的舟儿,向着急水滩头飞箭般的流去,流向那隐在黄昏暮霭里。远处嶙峻的山坳，像《伏尔加船夫曲》那么美丽的歌声，回荡在起伏的螺纹上。谁驱逐我这羽毛未丰的小鸟飞到这儿来？谁要我这年轻的孩子，踏进这惨酷的人群里？谁使我站在这异乡的河岸，让我屁颠儿做了唯一的随从者呢？……是时代的暴风雨，是“唯武器论者”的炮声，把我们这一群不知忧愁的孩子冲散了。我渡过无数这样的小河，也穿过了无数像远处那样的丛林，我在劳苦的日子里生活过，且想在劳苦者群里练成一旅，像绥拉菲摩维支所描写的“铁流”。然而，羽毛未丰满，怎得高飞？飞向那富士山头看日出，飞到那金井堤畔唱出祖国胜利的铿锵的歌？飞到那海角尽头，天穹尽点，唱出人类的正义，还唱出“唯武器论者”懊悔的心？那些遥远的日子，在母亲怀抱里撒着娇痴的日子，那不是每一个人都有的一段幸福的旅程吗？现在只能在记忆里找寻了。想那些没有缺少友谊与爱情的日子吧，想想那些故都烽火未燃起前的那些礼拜六之晚吧！银幕上映照着艺海风光，在舒适的座位上……如今脑海里装满的是惭愧，眼睛里涨满了眼泪！

记得去年的冬天，抗战的烽火燃起了快半年的时候，……同学们的分飞也快一年了，银座上再找不出我的影子，故居的教室被敌人炸毁了。本来，我还可在烽火未燃到的角落里，去度着往日一般的生活，可是我愿飞到向生长在血泊里的树上，在树梢去歌唱祖国胜利的铿锵的歌！

——陶秋“离窠的小鸟”，《战地》第三八期。

十月二十一日　星期五　气候：晴

今日鉴弟之夫人帮人家种田，我与舅母在家守门。

今日舅母于邻人歌班之女人口角，为的是鸡鸭吃伊田中之菜蔬，恨而走打鸡鸭。鸡鸭确可恨，人家辛苦种出来的菜蔬，给其任意啄完。不过畜牲不知，无从与其讲礼也。一为自己的畜牲护短，一为自己田中辛苦种出来的菜蔬没有了而悔恨，皆是为的自己耳。不过彼女人实可恶，野蛮不讲情理，无人性，我在那儿看伊打鸡鸭，危险连我遭殃，被伊当鸡鸭，而几乎受伊一竹棍。可为有眼无珠，连人都看不到也，真正可笑其愚，亦复可恶也！伊以为畜生与人都是可恶，一并打，不管其三七二十一也。伊不知畜牲不会说，而会叫，人岂有不反抗者？

忆去岁今日清晨，离扬来镇乘轮致浔求学，彬哥及厘表兄至车站诀送，我与同胞朱三兄同行。迄今确为离家一年了，今昔之不同，良可慨也！

十月二十二日　星期六　气候：晴

今日鉴弟之夫人往母家探望，闻明日回。

舅母送伊媳去祁村，带两回信来，一为鉴弟之同学方恩礼君致候伊病，录之，为他日鉴弟说嘴之铁证。

光鉴学兄：目前吾兄病假归去，初意数日即可告痊来校，孰知竟达十余日之久，未知近日清恙如何？此弟日夜在念也！所望排愁自遣，莫使精神受苦，清心乃却病良方。辱在知交，当不以斯言为何汉也。校中仍如兄离校时之景况，英文已改读中华版。顺此告知，余话而续，专视痊安。

一为望穿秋水之舅父信，内共两则。

一至鉴弟。

光鉴我侄入目：年载余多，交通阻塞，未能通讯，殊深为怀！目前接尔父附来徽信，阅悉家乡有重山峻岭之险，敌寇未敢入境，地方得保安全，未受惊恐，诚算侥幸，余等始可宽念！今春下河一带被敌所困，此系意想不到之苦况，推为盐、冈两处，大加惨剧，除流离失所，伧亡在外，而居民房屋，被毁者十分之七八，断壁残垣，一遍焦土，惨难目睹。即如洋岸，经敌所过，河东及西街，被其放火延烧，市民房共约四百余家之多。所幸上冈有你大姑父母家及余家等房屋均幸安全。据云彼处稍有损失，是存典衣服失去及搬离用费而已。再你二姊家当的衣服亦遭损失，所幸房屋人口平安，知应告慰……。

一至我的。

荫祯我甥入鉴：念尔到徽，日久不见信来，我心觉有挂念。何况年载有余，交通阻隔，寄信无从投递，更属为怀！前日接尔二舅父信内附来函，展悉旅景安好，我心始得宽慰。东台情形，知你已见家书，得其明了，不再从[重]述。但盐境方面，最为惨剧，被烧房屋，已成焦土，计达十分去其七八。而洋岸亦遭不幸,经敌所过,被烧人家计有四百多户。彼时我等虽处于危险,赖其偏僻之区,幸托上苍庇佑,房屋人口,均得安全,可算万幸!但念甥台,何日沿途能可畅行?免荒学业,是所至联!全家平安,是致怀,此后并洵旅佳。舅少革手启。今伯父母大人前问候。九•二十二日。

此信确巧行来一月,录之,为他日之回忆也。

十月二十三日　星期日　气候:晴

今日我已离别了许村而来到了呈坎,舅母送我至息脚亭。

闻伯父日前驱鼠食谷,不慎而仆,伤腰,现尚未愈,在诊治中。多日未阅报章,时局大变,两粤已揭开战端,在屠杀南京刽子手的松井石根指挥之下,于大亚湾登陆,广州市又沦陷矣。

十月二十四日　星期一　气候:阴

今日为我离镇乘轮往浔的一周年,回忆去岁,而今人事皆非,可感也。

昨日伯父交我十一日接到之彬哥上月十六日信,可录为将来之纪念及忆。

祯弟:此一月间共寄呈坎三函,想可收到。得知东地收复,全家安然归来矣。前接由沪转小海之信,嗣又续由舅父转来上月念五日函,均悉,欣慰之至!此番饱经锋镝,时经一年,地遇两处,劫复归来,大有隔世之感。忆去秋别后,未两月,仆仆东、洋途中,旋过流亡生活,至送灶后,方一家团聚。五十余日复再度播迁,一家人由东而海,计五个月。幸在此惊涛骇浪中,尚属有惊无害,未始非幸!弟则辍学后间道往徽,极尽旅途之苦。但徽是祖宗庐墓之邦,无意能履故土,仍与在家无异也。徽俗敦厚俭朴,足为久居都市者范。至乡居枯寂,诚然在此四方多难,城市中人求一乡僻之地,苟全性命而不可得。吾弟现限于欲归不得之境,务望耐心守候。除静候佳音外,将复何说?此时此日,正为青年人苦其心志,劳其筋骨,饿其体肤之秋。无论若何,遭遇尚须忍受,生活苦闷更须付之淡然。照此情形,继续求学遥遥无期,只好续诸他日。去年动身时,行李、衣服、书籍等曾完全带去否?念之。便望知光鉴读书努力,且能获奖金猛进,可想佳子弟也!东台收复多日,秩序已如常,不过民困已深,市面恢复不易,盐务尤其更难营业，不久且须解散，公私交困，未来尚不悉如何？扬店方面，由去冬离家后，迄未有人回去，看门小高不但有非法行为，且于师娘时有口角，同厘无法制止。日前龚先生返扬，曾托其代为解决，小高昨已回东，函其已将小高解雇离家。现仅师娘一人食用，并有同厘晚宿我家，帮同照料，目前可算了去一件麻烦。不过我们久久不归，终非善计，现已打算大约秋节前，定可返扬矣。吾弟与老四曾通信否？闻居家甚安，思之，途中有妇孺耳。东寓双亲以下，均皆安康，萱及念慈三孩亦好，望勿念。坤弟在此病疟半月，刻甫如常，尚未食饭，渠暂不回。洋岸复大除在重庆外，沪上亦在复课，同学中曾通信否？每日宜多点时间自修，其它杂念均要摈除。转眼秋凉，亦望加意保卫，以免悬系。余再续告。即问，秋祺！

彬哥之信，说的恳切，令我不仅思之家人与他人之处不同。忧思苦闷，劫后余生，是何如也？

十月二十五日　星期二　气候：阴

昨日天色忽变，久不雨，雨神来临甚难也，落甘露数滴，今日仍如前像。

昨夜我又那个了。

今日又接东地来信，九月三十日发来，父大人至伯父函：

十六日奉一日来信，甚快。其时因刚有信付邮，故缓复。后闻彬荪有信与荫祯，当为我提及矣。彬荪夫妇要回去，接兄信已阻止。他却无勇气，主动在其妻，大约挂念他娘家，或有衣服在乡下怕散失。看家小高已回去，并无亟亟回去之必要。时乱年荒，全家人口有人主散不主聚，在一处受过惊吓者大有。付安全于脑后，他们要走，我亦不十二分坚留也。无乐土，此地亦不过局部安全，如皋尚在围攻未下。回忆我们全家在小海时，弟刚到两日，受日机轰炸，危险当头，弹落在后门口，离我们人不远，我身上溅有血点，其情形可想而知。荫祐病体初愈，尚未十分强，留东修养，回徽尚不知何时，看报写字，尚循规矩听识。荫祯在徽更应安心温习熟书，光阴切勿虚度，请兄时时告诫！乃母恐他要添衣，需零用，请兄酌量付给，以安其心。住东人口平安。

祐弟至伯父函：

上月附二伯父函内，奉上安禀，谅早陈慈鉴。但寄信后复又接交来函，知徽里平安，两大人精神康健，余均安好，甚为欣慰！男自疟后，身体已渐复原，饮食尚注意，未敢多吃。现男在东休养，暂不他往。每日练习写字、看报、看书，祈放心，勿念！现东地尚属平安，市面亦渐恢复。但敌尚在如皋，伊一日不走，东地人心总一日不安。彬藻哥嫂前欲回扬，恐途中危险，暂亦不去。闻二伯父拟中秋后和龚先生回家一看，另因公司事和陈伯华面商，约十日半月即回东。二母在东安康，念慈很好嬉。一切均祈勿念。

祐弟给桂姊：

启者，不通音问，已有年余，时深挂念。耐邮路不通，无法可想耳。弟自去岁在长邑，始终抱读静态，未曾离号一日。届时虽受惊恐，听天由命，置身度外，亦不觉可怕。今春号中停业，同人解散，故弟亦于二月十七日由长动身经过高邮、兴化，往盐城。届时路很难行，沿途均叫小船，二十四午后，才平安抵洋岸。住未多日，亦复逃难至海下，所幸阖家均平安，亦未损失，此乃托天之福耳。弟于前七月来东二伯父母处，徒安未及半月，又患疟疾。今幸痊愈，但身体已渐复原，尚未强壮，拟在东休养，暂不他往。但此病皆因一年中逃难和惊恐下，受尽风寒暑湿，备尝艰苦所至，可一旦爆发甚是厉害非常。二伯父母在东，以下均平安康健。洋岸二父母大人和弟媳亦均健，请勿念！近来徽里为何，立宾好嬉否？望来函告知。洋岸亦望时去安信，不过惊慌扰乱时期，远居他乡之人，得一平安信，心中不甚快慰何如耳！草草布上。八月初七日。

十月二十六日　星期三　气候：阴

昨日写信一封给鉴弟，报告伊府之情形及我托其代购之物，并希望伊寄些刊物、杂志来。

昨日旁[傍]晚，忽有军士数人来此，番号为“忠义救国军”。闻伊等云为杜月笙之收编，此来任务为捕逃兵，拐去木壳枪，恐生事故。今晨仍未去，昨晚此间因之而小惊。

罗家此时有此余款，来购买田地，真乃不知时务也！

《前线日报》此间已得阅数日，与《徽州日报》较大相远别，且价又较贱，内容丰富，中外国际之观察，较正确也！阅者读之，稍有头绪也。

昨日报载：黄冈已有战事，黄陂将接近战区。武汉已实行戒严令，流散人口，已至车夫了。皖南江岸大战，贵池发生巷战，我军正反攻中。

十月二十七日　星期四　气候：阴

对着残红的夕阳，我在幽幽地想，想那江南的平原，我那可爱的故乡，故乡！以前有着他的一份繁华，五月里，稻叶子有二三尺长，屋檐下，池塘边，飘扬着无量的稻香。壮年人的汗，洒遍了土地，然后用锄头钩着黄昏跨进门，迎面，妻子立刻送上了一个温存，两个人相对作一个笑，忘记了一天的疲劳。而今，而今恶鬼的那只手，使我故乡发了抖！抹去一切的愁思吧，我们把愤怒放上拳头，故乡在颤抖，我们要战斗！他踏我一脚，我咬他一口，在豺狼跟前争生命，只有战斗，战斗！今天，在夕阳跟前我发个誓，为了家乡，我拼了这条身子，凑上我这两只手，合成八万万双去抢，抢回我们的家乡，我们的自由！我们要砍断魔鬼的那只手，我们的家乡才永远没有爱愁！

——“忆故乡”，黄邦，《前线日报》副刊第二一期。

鉴弟昨日寄来《前线》（二十日）一张，想伊已知我已来呈[坎]了。副刊《战地》有短文一篇，尚有一抄之价值。

羁　旅

一个人孤零零的，谁都会有点寂寞和无聊。何况这又是摇落的秋天，灰色的宇宙，压住了我们的呼吸，使我感到好像久禁在监狱里一样的沉闷！终于我耐不住了，悄悄地跑出了斗室，向哪里去呢？我自己也不知道。南昌的街道是宽敞的，不会被汽车压扁，于是我尽可以心不在焉的浪游，踏遍这都会的每一个角落。不知怎样来到了百花洲，怀着微妙的诗情，踯躅于东湖之畔，溪柳与垂扬，正在埋怨秋风多事，湖水荡漾着微澜，不知引起我多少怀古的幽思，“落霞孤鹜”“秋水长天”，这些动人的词句，曾写尽了诗人的灵感，至今还留得我们的低徊和沉吟。然而时代已不同了，洪都，已再不是诗的境地！自从燃起华中的烽火，它已变成大江南岸抗战的心脏。从这里，血，关系生命的东西，被输送浔阳正在受难的原野，灌溉这古老国家的生命。然而敌人并不怎样容恕它，那[哪]怕深藏在肚皮里，它还是要被敌人的血手搅扰的。来了，就是这一刹那，我经过了悲惨的一幕：尖锐的警报突然拉长了嗓子，路上立刻搅起阵阵极度的混乱，人们奔跑，呼喊；黄包车夫丢掉客，没命的跑；老太婆关心自己的鸡狗；母亲凄惨地呼唤她儿女的名字；恐怖，扰攘。不一会，全城就是死一般的寂静，见不到一个人影，听不到一点声息（都市死了）。我轻轻的感喟着，然而我并不害怕，因为我经过恐怖的场面太多了，这又算得什么咧？还不到十分钟，警报又断断续续地叫起来，叫得很急促，是那么凄切和哀嘶，简直是人类文化的丧钟，每个人的心都压上了一块沉重的铅。唯一的希望，是我们的空军去阻挡敌人，然而总是失望，在南昌的天空，是老早就不大看到我们飞机的影子了。"嘡、嘡"的襤[烂]铜锣声音响了，经验告诉我们，这是敌人的重轰炸机。六架、九架，那翼下涂着红色旭日的铁鸟，很整齐的从西飞过来，接着就是高射炮的吼声。这时候，防空洞里的人们，都屏住了气息，空气显得紧张而严重。两个顽皮的年轻人在门口，探出头来张望，很快的被一个小学生止住了，几句客气的话，说得很令他们信服。然后这个小学生又掉转头来，对大众低声说："不要紧，诸位别怕！"谁说中国过去的教育是亡国的教育！……这年头，我想我们只有咬住愤怒的牙，坚决起来和侵略者拼命，眼泪，又有什么用！在黄昏，野狗在荒凉的灾区里跳跃着，他们钻进每一堆破烂的什物里，或者嗅嗅血肉的腥气，自然，它们不懂得人世间战争的悲惨的！

——《羁旅》，朱剑蛟，"南昌在空袭中"，《战地》第十七期。

十月二十八日　星期五　气候：阴雨

昨晚此间捉壮丁而发生冲突，保长及壮丁皆为殴伤。诚如屯地第一区长黄荣民在报载，乡村里的同胞们应有的认识和责任的话……这固然是一部份保甲长，乃至巡丁、警士，办理兵役不能透彻开导，有时手续还不无错误之处，容易引起误会，可谓自打自诉也。

数日之阴霾，昨晚始将雨神请来，降下不多，清晨途中湿迹渐干，午间天色渐放晴，大有晴朗之状。

十月二十九日　星期六　气候：阴

雨神怕羞，日间不恳[肯]落，都是夜间在下着，而今日则不然，大约是雨神撕破面了。小雨，农人喜甚。

昨夜我又那个了。

前昨报载：我已从[重]新决定战略，配备于武汉外围，武汉核心已无固守价值，我准备自动放弃。今后仍将随时随地于寇以更重大之打击。武汉三镇起火，机关、车站、桥梁均彻底破坏。英外部均实突否认调停中日战争。

今日竟日雨，我亦竟日未出门一步。下午无聊，翻柜中，忽得徐枕亚著之《雪鸿泪史》一册，读之爱不释手。

昨日报载：大冶西南我军歼敌，赣北德安我仍固守。战局发展至新阶段，第二次国民参政大会昨日重庆开幕。闻启东、海门、如皋三县，已先后被我收复。我心稍慰，东地家人心可稍安。野兽渐远去了，若将敌打出南通，则伊等将不知如何快乐也！耳听佳音，可得慰我耶？

今日由他人处得见天津《庸报》（九月八九两日），版张甚好，印刷精良，内容则不堪入目，称我军为党军，我政府为党政府，完全为走狗下的汉奸舆论，无聊文人，我为其可惜也。

十月三十日　星期日　气候：阴

下午我不在家时，鉴弟同学郑君带来雪花膏三瓶，毛巾一条并信一纸。

祯兄：你来呈太急，还怪我失信，我是不认账的。我来此的第三天，即有信回家，你以为迟吗？雪花膏已购齐，双妹与毛巾是你的，其它两瓶有便请寄许村。今托郑君带来，请收。还有许多东西，我暂不能代购，因我带来的钱已经用完矣。至于怎样用的，现在告你，本来我欠人三元，今已归还。仍购一辆脚踏车及一个篮球,此虽是公买,但我要派出四元。再加上你的雪花膏、毛巾一元五角,我的雪花膏两瓶一元二角,现仅余三角大钱在身。我不觉好贪,有钱为什么这样很用?无钱再来可怜。故潜口之款虽与瑞霖兄备齐,而我却不敢取也,因恐家用窘急,那就是我的罪过了,希勿寄。你的呢裤,我想借来一穿,请交郑君返校带来。阅家伯来信,得悉外间详情,稍慰!再谈,说康安。日记这里没有,也不肯代定,俟我将来赴屯再说。再者此信是匆匆写的,所以有你的问话,故未答齐。因月考将届,我要看书,俟有暇再复。希谅之!

昨日气候忽热,与初夏相佛。因之,夜间大雷雨,清晨地上之水湿渐没。阳光放射,大有晴象。但忽而黑云飞来,阳光又为其遮没,而阳光不甘示弱,脱隐而出,大有互相争斗之势。不知谁弱谁强,待事实证之。

秋天,是多感的季节。"一年容易又秋风""举头望明月,低头思故乡"……表现在文人诗句里的,描摹尽了秋天的萧瑟。在秋天,大自然的景象,却在很容易促起人的回忆与感伤,尤其中国过去文人的悒郁病,像和秋天结了不解之缘。红了枫叶,落了的树木,飘过了街头的风……,秋天的景色,寄尽了文人的怨悒和叹息。现在,秋天又来了,在街头,挟着寒意的风吹过时,我们可以隐约地听到,成千百万在流亡中的男女寒冷的颤慄。当桂子香飘起,送来了微寒,也送来了记忆时,我们不难想像,他们又在如何痛苦于故乡的感伤……。

《东南日报》,"笔垒",第一二六期,"扫尽秋天的伤感",鲁烨。

十月三十一日　星期一　气候:晴

昨夜我又那个了。

昨夜写信一封,覆鉴弟之来书,急急而成,恐伊人早来取也。今日待永日,未见来临,不知伊已忘却耶?

今日为旧历重阳佳节,此间只为历史上名辞[词]耳。"蟹肥菊瘦,已到重阳。客里无花,倍增惆怅。"引《雪鸿泪史》以自解。寂寞愁容乃教人想煞也,历书所载岂为一节令耳!

今日报载:贵池我军已主动撤退。形势日迫,奈何!

十　一　月

民国二十七年(1938年)

十一月一日　星期二　气候:晴

昨日等一日未来之郑君,今日来矣。给鉴弟信及裤已交其带去。

仿宋字已学书两日,在此无聊之岁月,最低限度要将以前所缺之课程补足,及无暇练习之字,要得足可一观之境地,方不负辍学之暇也。只好达观,作退一步想,也可以说"失之东隅,收之桑榆"之叹也!

今日报载:抗战已进入另一阶段,重加阐明将来目标,蒋委员长昨发表《告全国国民书》:"此次兵力转移系转守为攻,转败为胜之枢纽。长期抗战方略,亦即我政府始终一贯之政策,敌本深陷泥淖,今后又复步入荆棘,葬身无地。一时之进退变化,决不能动摇我抗战之决心。"我等见之,心为之一快!中国仍有力量抵抗,殊出暴日所想之意外,又将重新认识我国了。

读了千百篇《哀江南》的诗词歌赋,不如来江南实地走一遭,这次日人所造成的江南惨象,实非想象所能尽。黄巢之乱,无比残酷;洪杨之杀,无比普遍。人民遭受了几多折磨:(一)散兵游勇;(二)盗贼蜂起;(三)日寇抢劫掳杀;(四)冒牌游击队伍之苛援;(五)水灾;(六)病痛。有钱人,几经迁徙,几经洗劫,又变成穷汉,出外无贷处,在家无积蓄!小商人、小学教师、公务人员……不能担当,无道谋生,即不愿作乞食儿,亦不愿为匪人,日与饥肠鏖战而已。纵能小本经营,到处有搜刮的歹人,一担茅草,还有勒捐的小吏。屋宇却付秦火,千百人麇聚在破庙荒祠内,坐无席,卧无床,肩靠着肩,背靠着背,倒卧在泥地上。落雨上漏,下亦湿。洗濯无具,飞蚊成阵。障御无从,一患病,则都患。一生疮,则都生。澡店烧了,医生跑了,普通医生可以诊治的病,缠绵成不治之症,普通方单可以吃好的药,则又踏破铁鞋无买处。传染病是天天都有。死了，无处棺木，埋掩，无力雇伕役，有多少风吹日晒，独自在荒丘。风高木叶脱，更将有千百万人瑟瑟在西风里！

——“哀江南，野兽在江南”。陈斯白记述。

江南人民之浩劫，活于纸上。可悲也！

十一月二日　星期三　气候：阴雨

今日风雨二师，大行其政，今晨阳乌偶出，遽尔逃匿，若十三四好女儿，羞见人也！晌午淅淅沥沥之声，又到愁人耳边矣！院落沈沈，秋光深湛，一时真个冷清清地。他人我想例外——迟暮、雨霁。

昨夜闻桂姊今日来，得知于子锡舅。日间曾闻时均向伯父云，因恐傧职属我，说之而有牵连，故未敢言。今日忽时均夫人向我而言，教我接去。故我不得不向伯父言，而问可确否？因而迎宾之职至矣。天忽雨，阻于途，我不进也。但如是，鞋袜亦尽湿矣。

十一月三日　星期四　气候：阴

昨晚根甥共我眠。我昨夜又那个了，可恶！

天色仍在晴雨未决中，忽而阴暗，忽而有晴象。

昨日报载：领袖《告全国国民书》，参政会议决拥护，以领袖主张为主张，众意佥同，全国国民在领导下坚决抗战。电慰德安作战部队及坚守牯岭将士。我军舰出动，肃清三水西南之敌，我陆战队登陆攻击，寇且战且退，泊三水河口敌轮、汽艇亦同逃窜。

当机翼上涂有红膏药的魔鸟，第一次在我们的乡土上投下了死亡后，我在一堆瓦砾里看见过，一个拖出了肠子的母亲底手，还抱住一个断了腿的幼小的儿子。我又曾在一大群失去了故土的难民里面，看见过母亲忍着饥饿，把仅有的食粮让给儿女果腹的事……在苦痛与愤恨中，我更深刻地认识了母爱的伟大！我不是没有母爱的！——那像阳光一样温和，像雨露一样膏润的母爱，使我开出了灿烂、绚丽的童年之花。但是，我现在却离开了母亲温暖的怀抱！那是去年的秋天，像现在一样的秋天，铅色的天幕里漏落下霏朦的小雨，家门前河边泊着的船，岸上的树，都被雨打的湿漉漉的，从船篷的边沿上，树枝和叶子上，又落下像泪珠莹明的小滴。为了敌人底飞机不时来这城市轰炸，杀害我们底非战斗员的无辜人民，我为了老人们的安全，让一只小船把我母亲载到乡下去避难。虽然她说：“你们年轻的一代，有着重大的责任，不要为你娘而分心！”但是，她总是不放心我留在这被认为危险的城市里。五十多岁的她，一向是和平的生活着，从来没有这样仓皇的避过难。但是日本帝国主义者发动了侵略战争，连这个天堂的城市也遭到了空前的浩劫——我们底和平的生活秩序，也为战争的魔掌击得粉碎了。让船夫把母亲扶上船，我看着她缓慢地、背弓着身躯钻进船舱，我看见她底为船夫扶着的手臂，似乎在慄颤，我看到她用一种苦痛的神情盯视着我。最后她像下了最大的决心似的，坐到舱里的小椅上，我因为我还有工作，便忍着心头的怆痛，叫他们快开船走。船荡向河心，我离开岸边，雨还落着，而且渐渐地密了，我没有打伞，“打把伞呵，雨不小呢！”我跑到街心，母亲从船窗[舱]里伸出头来叮嘱我。雨打着她已杂着许多银丝的头发，以及有着不少皱纹的脸，爱怜洋溢的眼睛——我已分辨不出她是不是在哭泣？这便是我最可纪念的，离开母亲时领受到的母爱！如今，秋天又继续着来了，我母亲在另一个世界上的家园里活着，我虽然能够读到“娘好着，勿念！”的信函，我虽然能够吻着信笺，再领受到伟大的母爱，但是我们中间已隔着一重世界，我重新投入慈母的怀抱里，需要着我和其它千百万失去母亲的儿子们，用集体的力量去打破这一重隔阂！我总有一天会让母亲拥抱着的！

——《忆母亲》，唐虚凤。

读了唐虚凤《忆母亲》，使我想起远隔的慈母——不，一刻不曾忘记过——已与伊分别有一年多了，每次收到那面的来信，皆是说母亲在想念她的儿子——我——老实不客气的话，只有她真实的不时的想念我，游子之心，闻之碎矣！忆去岁在东地辞别之情景——不，每次我离开她，都是。不过这一次特别的不同，因闻有远行，心中放不下之故，多方面阻止未果，大约伊已愁到有长时期的离别吧？——两眼欲坠的泪水，汪汪的向我望着，向爱儿之言，令我心酸。当前并不觉得十分难堪，过后思之，觉苦泪难忍也！何日得在慈母的怀抱中，承欢膝下也？个人连年遭遇不顺，老人更觉我之不放心，可忧虑也！在此，他人视我，虽似觉不错，但我总觉不是真实亲热的表达，都有些做作，使我忐忑不安，亦我不愿处此也。

十一月四日　星期五　气候：晴

今日天色已放晴，气候较和暖。

昨今报载：福州市民三十一日晚起，开始自动疏散。寇舰四十艘侵袭闽海面，万安登陆之寇已歼灭，寇舰大部逗留未去，似将续有企图。张伯伦在英下院声称，中倭战事，将继续延长，各国尚未采任何行动，调解亦不可能，对今后英国在华商业，竟称无大影响。不幸在武汉失陷的今日，抗战正步入更要紧阶段的今日，悲观主义者又现出了惶惶不可终日神气，不是说敌国“愿意停战”，就是说英美要出面“调停”，绘声绘影，煞有其事。其实却是自骗的幻觉，那[哪]里有这回事？敌寇在攻陷武汉前后，曾一再强调，不以我方为外交对手，如果这话嫌不够，则可听听张伯伦的话：“一月前调解不可能，中日战事尚将继续‘延长’。”以手腕圆滑、情报灵通而又热切希望调解的张伯伦说这样的话，真值得我们十二分的注意。如果说“当局者迷”，那真是“旁观者清”了！……幻觉只是幻觉而已！我们要认清铁的现实，继续战斗，只到最后胜利的来到！

十一月五日　星期六　气候：晴

今日接到二舅父致伯父的信，因内中有关于我之问题，故有录之必要。

伯哥大鉴：奉九月二十九日大示，敬悉东台人行两张，随时已照转，到维潭社，吉年为颂。荫祯陷徽半年以来，家乡土俗民情该为摸熟，将来亦可就在徽乡立门户，接代香烟，俗云“歙人千年归古[故]里”，倒是美事！弟汇的字，寄知敏眷，往呈坎拜托，一切有劳精神，心感。屯溪邮局百元，罗瑞兄处能设法取现尤妙。否则，请专人向屯邮兑，专力会同照会。时局易变，迟则以防不应。刻此间安静，仲哥家属完全居东，彬荪暂时不往扬州，守平定再说。知念。闻祯此刻在潜口，姊弟晤时，可以谈谈家常。在徽团聚真是想不到的事，见到定当有无限欢喜！我辈都真无能，仍要见此不幸，难日不知何时为止？奈何，奈何！此复，并请府安。志嫂处问安。弟许顿叩，谨启。于月十三日。

十一月六日　星期日　气候：晴

报载：豫北寇军企图威胁郑州，拆除道清东段铁轨，移修新乡南平汉路。闵江海面，寇舰他驶。对近卫文麿狂谬声明，英美两国密切注视，赫尔称美否认倭在远东占有新地位，英拟首先征询《九国公约》签字国意见。倭伪对江海关逐步进迫，竟强制改悬旗帜，全关人员均出自意外，各国领事将有所表示。英首相与外相本月下旬联游法国，英法阁员将进行重要政治谈话，讨论在远东与欧洲当推行政策。停闭已有多年之美国造船与钢甲厂，决定重新开工，籍以提高造船能力。参政会欧元怀提《改善专科以上学校军事训练》案，该案如能实行，即可以集中训练，抽替入伍，应请政府采行。对倭首相近卫狂谬演[言]辞，东亚门罗主义，更改《九国公约》（中、日、满三国公约等）。美法人士之观察批评，美国务院人士认美应采取鲜明立场：（一）与欧洲各关系国成立联合阵线，通力合作；（二）单独行动，以保障美国利益；（三）承认日本各种需索，因而变更传统的对华政策。法政界咸谓倭纯粹具有法西斯意味。戈林联访英伦，短期内难实现。驻德英使奉命返柏林，着与德外交当局接洽。北京会议一周年纪念日，美国务院发声明书，说明会议并未闭会，随时均可复会，提醒各界，表示《九国公约》继续有效。英《财政时报》评斥张伯伦演说，对远东表现实为不当，目前局势须彻底讨论。

十一月七日　星期一　气候：晴

连日皆为人家夫妇口角，反将我之睡眠打破，可恶！

十一月八日　星期二　气候：晴

昨日旁[傍]晚有细雨，晚间有阵雨，清晨看[开]门一望，地上已干，无雨象，地上阳光高射。

昨晚我又那个了。

报载：国参会二次大会休会，汪议长致休会词，参政会热烈诚挚拥护蒋委员长《告国民书》，与第一次大会拥护《抗战建国纲领》一样重要。陆大代理校长蒋百里[①]氏逝世，可惜！据传中美借款谈判，第一批三千余万美金业已成立，中国代表团向美国重要企业家，企图取得军需及借款的活动，已获得反映，外交渐明朗。英法美三国对倭，有采取共同行动可能，英首相、外相访法时，亦将讨论应付办法。《巴黎时报》评论，谓决定因素，以美态度为断。

注释：

①蒋百里(1882—1938)：名方震，1882年出生，浙江海宁人。为清末秀才，民国时期著名军事理论家、军事教育家。1901年在日本陆军士官学校留学。1906年留学德国，回国先后任保定陆军军官学校校长及代理陆军大学校长。1912年任保定陆军军官学校校长。1913年，任袁世凯总统府一等参议。1933年赴日考察，认为中日大战不可避免，拟定多种国防计划，呼吁国民政府备战。1935年，任军事委员会高等顾问。1936年赴欧美考察，回国后倡议发展空军。1937年初，出版了军事论著集《国防论》。1937年9月，他以蒋介石特使身份出访意、德等国，回国后发表《日本人》及《抗战基本观念》，断定日本必败，中国必胜。1938年8月代理陆军大学校长。1938年11月4日，病逝于广西宜山。

十一月九日　星期三　气候：晴

近日天气渐入深秋之象，早晨初起时，觉较有凉意，时令之变化，可怪也。

忆去岁今日，在庐开学，以为心可定，得安心上课了。那知事实出人意料之外，未有个月，即有迁移闻。

此间迷信甚深，有观音会之举，已频传数日了，下午去参观一下，尚未布置完全。皆为无智无识之乡愚在那儿忙，借菩萨而肥己，可恶也！

报载：江海关伪旗卸下，重扬庄严国旗。希特勒踌躇满志，在威玛城发表演说，能由谈判途径，获致充分结果，引以为荣，说明德义[意]必须团结，未提德倭两国关系，指责邱吉尔抨击民治国，邱以谈话答覆。苏联革命纪念日，举行庆祝大会，英洛托夫（人民委员会主席）演说，抨击英法妥协政策。

十一月十日　星期四　气候：晴

昨日因何故，伯父母两人口争。问题为无聊之言，家庭问题起，妇女之见，两人之气，入晚仍不见消去。夜间因之两人气而皆不睡，将我吓甚，故起来解劝。大约因恐人家笑话，又到房中去了，说了半夜，把我吓了一下，好险！

报载：苏联革命纪念日，莫斯科红场举行盛大阅兵典礼，伏洛希罗夫（国防人民委员长）谓张鼓峰事件非真正战事，乃系愚蠢的邻人企图挑动战事之所为，若继续挑衅，苏联投桃报李，必有所报答，可谓壮哉。倭内阁决定施行《总动员法》全部。英王在宫中演说，竟图调解远东战事。

今日为旧历九月十九日，为观音诞辰。此间乡愚，备奉甚殷，为得是好从中取利，以木偶为号召。今岁因时局不宁，未敢大家热闹。入晚有道士跳神。闻次日晚仍有焰口，请菩萨归位。

报载：苏北又有日军异动，进攻泰兴所属。我军克复佛山、博罗。战事已迫近广州，寇机初次袭蓉，投弹甚多。倭本部人口共72 162 700人。在慕尼黑城，希特勒又大放厥词，正式提出收回旧殖民地一项要求，对英法要求通商，对邱吉尔力争攻击，决定继续扩充军备，不认摧毁民治制。欧局又有新发展乎？

十一月十一日　星期五　气候：阴

日来沉闷，百无是处，竟日散踪郊外，赖山水为慰！

昨晚闻人言，此间有两人，由潜口售柴归，途中为军队所虏[掳]去。有一人已讨回，余者一人，避而不见，未能索回。军风纪何在？其军队番号闻为第二大队第八中队，不知是何种军队也？

今日报载：沙面闻炮声清晰可数，我三路直逼广州，寇军腹背受击，四郊均有战事，惠州旦夕可下，江村、大良克复。随枣方面大形稳定，鄂北寇遭受大挫。英下院继续辩论，劳合·乔治（现战时首相）、克利普斯（工党领袖)抨击政府外交政策,对于政府对华政策责难尤甚。外次白特勒特代表政府,加以答复,决不承认片面行动。改变中国地位,对形容之英国外交政策,拟难承认,如发现和平遭受威胁,当运用全力调节,张伯伦在宴会席上演辞。土耳其总统凯末尔昨逝世。美国选举结果,共和党渐占优势,罗斯福在新国会中,将遭遇强大的抵抗,后年总统选举,将有激烈竞争。倭股票市场、证券大跌,因《总动员法》将实行。

十一月十二日　星期六　气候:晴

昨夜大风,今日气候忽变,有初冬气象,天气渐寒,前方浴血抗战之儿郎,后方人民所募得寒衣,为数几何?尚未闻结束,可恶也!伊等曾不念保卫祖国之战士耶?

因多日未有信至东,故今日下午写信一封,寄给彬哥,告知一切。信已数张,话尚未说完,因邮票之关系,只好待下次再谈吧。此信尚未寄出,因伯父要加写,次日可以交邮了。

十一月十三日　星期日　气候:晴

因乡愚无知,有南昌已失守一闻。大约伊等求胜心切,忍耐不住,故而逼出此种言辞,抑受人愚弄耶?

今日报载:我进抵从化、增城附近,龙门县城已克复。余汉谋[①]通电部署已就绪,即大举反攻,共全体将士誓死雪耻,决心奋斗到底。寇在粤强征壮丁入伍,编少女为营妓。军事家纵论战局推移,寇目光注视西北。福州或为敌所觊觎,南浔线可长久相持。今天,全国在战斗中纪念我们伟大的革命导师的诞辰。寇对美抗议覆文已送出,拟正式撕毁《九国公约》。

注释:

①余汉谋(1896—1981):字幄奇,广东高要人。国民党高级将领,陆军一级上将。曾任陆军总司令,并一度主政广东。1938年6月,日寇从海上侵占了广东省南澳岛。同年10月21日,日军以7万陆军、500艘战船、100架战机的兵力,强行在大亚湾登陆,占领广州。余汉谋带领驻粤的党政军机关撤退至连县后,在英德至河源一带设置防线,开始积极的抵抗,先后于1939年底和1940年夏组织了两次粤北会战。两次粤北会战的胜利,挫败了日寇利

用广东切断粤汉铁路，威胁湘桂后方，最终迫使南方各省投降的战略，并且有力地配合支持了桂南会战，振奋了两广军民的人心。

十一月十四日　星期一　气候：晴

昨日报载：倭拟敦促美国承认在华特殊利益，提出派遣崛内赴任，以缓和美倭关系。英传英、美、法同意，向倭提出抗议，要求开放长江，准外轮照常行驶，美国务院无表示，寇商大都反对。实行《总动员法》，大藏省准备转圜，拟规定折中办法。凯末尔逝世后，欧局恐受影响。

中国抗战的时期：第一期自去年七月七日卢沟桥事变发生起，至去年十二月南京陷落止。第二期自南京陷落，至今年五月十九日徐州陷落止。第三期自徐州陷落，至武汉的最后的撤退。现在已经转入抗战第四期了。

——《前线日报》，"总理诞辰纪念日的感想"——戴戟。

伯父母昨夜又斗气了，为的是祐弟妇做衣服。家事真难说也，伯父左右为难人，我为其可怜也！

十一月十五日　星期二　气候：晴

昨闻人言，已结薄冰。温度已到了十度左右，气候之改变，真令人莫测也。

清晨桂姊去潜口，先挑物送去一次，下午转来，隔三日则确去也。

昨夜我又那个了，可恶！以后绝不想到如此也。

大伯忙于办理后事，处祐弟于何在，伊将不理伊等耶？我见之，有其可怪也！

昨今报载：南战场反攻得手，我昨晨克复从化。我机飞汉施行轰炸。我击沉来犯寇舰三艘，城陵矶封锁线完固。长公关完全克复，信阳在包围中。英美各城民众团体，同情我对倭抗战，援华大会纷纷举行，要求政府积极援助。英美两国舆论，评斥德反犹运动，各国犹人代表抵英，德限制犹人令颁布。德报攻击邱吉尔与艾登，英外部抗议。捷新统改选，现任外长有望，政治纠纷可不致发生。

十一月十六日　星期三　气候:晴

昨载:土耳其外交政策,不致有所变更,新总统伊斯万演说,遵故统遗教前进。我在岳阳力战后,移麻塘附近抗战。南北两傀儡组线合流问题仍搁浅,土肥原主以陈逆中孚,另树立一伪政权机构。美在华商务损失已达一万万美元,安立德(前驻华大使馆商务随员)在旧金山演说,促美人注意远东情形。德警逮捕大批犹人,反犹法令极严厉,使犹人脱离德之经济生活,凡有反德态度处罚十亿马克。对倭封闭长江事,英、美已提出抗议,英、美、法会商后决定,但各国牒文性质独立。巴尔干协约国,下周在雅典会议,各国继续共同团结,成立共同防御集团。

闻桂姊对他人言,伯母待我是门面耳,不知此言可确否?抑系伊之反传作用?若是事实,伊人曾不明白了,我为何来此,为什么不走?我想绝不会有这种意思吧!留待证明。

十一月十七日　星期四　气候:晴

昨载:太平已为兽机肆虐,共投弹百余枚,全城为墟矣。前闻青阳、石埭受灾,而太□□□□□□□□将言,恐又不能保全矣。

桂姊等今日去潜口,我□□□□□□□□走,而伊人不明白,反而多出话来了,怪哉!庆伊人又去潜,我非常明白伊人之性情也,所谓大嘴吃小嘴,社会之遗毒,必打破之!

正午饭间,鉴弟由校中来。饭后,偕其同来许村。我又另换一个地方了,整理床铺未竟,意盼伊等替我弄了。

十一月十八日　星期五　气候:晴

昨夜一人独睡,因我又来到许村了。我又那个了。

早饭后,去许村小荡,已有数月不见其面了。因鉴弟之服兵役问题,而向联保探问。进我纸烟一枚(美丽牌),花去伊两分钱,得知《兵役法》条例,高中以上者免役。

昨报载:粤汉线我袭敌后方,已克复咸宁县城,汨罗、安谧我敌接触于黄家湾之北,敌军前进甚为迟滞,后方多受牵制,长沙预为坚壁清野,全市已成焦土。我机四架，运送粮饷，接济庐山派军。英外相在下院答覆质问，英政府对中国问题，与美保持密切联络，信守《九国公约》内之一切原则，如局势恶化，美可支持英立场。倭覆文未作最后确定，美政府大为失望，将作更进一步之表示。德排犹人运动未已，英德谈判决展缓。因受美国舆论影响，英不愿英美有芥蒂。得寸进尺，德要求捷割地，捷正劝告德国放弃，但难改变希氏决心。接见各国工人代表，加里宁（中执委会主席）发表演说，帝国主义者仍不□□□□，将予以重大打击！

十一月十九日　星期六　气候：晴

今日偕鉴弟往祁村小游，行至中途，遇伊太岳母来许村。午后，仍返许村，途并遇东山小学学生列队行走，高歌《救亡曲》，意甚急[激]昂。

昨今报载：寇溃退广州市内，□□□□□□攻城战，南下部队已开抵小坪石围壁一带。我机一队昨由三水西南□□□□□□□□□□境，南宁、龙州、朔州被炸。江海关大厦屋顶又有伪旗出现。罗王及王储（米歇尔亲王）□□□□□□□□□□□□□。美人七情绪愤激，赞同政府电台驻德，大使回国述职，并有主张须与德断绝外交。□□□□□□□□□□□□□国问题，加赖德让仪后，德外相魏萨克访法外长庞莱。浙海敌舰发陆侦查。国际关系来报联忙，英首相张氏等决于下周访法，义[意]外长齐亚诺有不日联英说，捷外长克伐柯斯基今日赴德，作正式访问，德政府现正考虑没收犹太人财产。匈牙利步德国后尘，将颁布排犹两法令，首揆霍尔蒂公开声明。我于敌重大打击后，改守孙家埠预定阵地。屯地加强防空设备。敌机侦察汤口。

昨晚起到今天，整日皆是替鉴弟做代数，前日教了一课英文，此书甚实用。暇时，看人家摸鱼，伊等真不顾性命，为的是换来雅片一口耳。

父大人致伯父信，今日收到，我因多日未记，正好夹入。不然，要写入明日的一面始可。

前奉八月初五日及荫祯初八由潜口来信，两信在途均不过半月，无异平时。兄嫂安康，甚为欣慰！荫祯由许村回呈又到潜口，弟恐难免虚度光阴，荒废用功，劝其安住呈坎，切勿妄思动意。现在失学、失业者不知凡几，候天日重光，国家必有补救办法。牯岭汇款才接中行移沪办事处函，准退，汇入我帐[账]，款尚在征查之间，大约前信遗失(所好邮局便利，可以访查)，一定要退款，损失一年多利息。设有人在客途待款，岂奈之何？弟所以劝荫祯勿动，亦在此点！荫祥夫妇因有考虑，再奉来示及荫祯信劝止，迄未回去。其实未去人很多，在艰苦环境中度过生活，人胆识却亦大点，不大怕矣。荫祯去年由家携出行李、书籍，可有散失否？伊母不放心，要问他一句。叔平秋节前来，节后已回去。伊全家生活费均出之我(上半年，弟已先有准备，他并未受窘)，寓东大小平安。弟一向事甚忙，故此信迟后。我们业中存货，现正忙得疏散，分运各处，脱累收束。——十月二十七日(九月初五日)

东地来的信，每次都有母大人思念我的话，使我永远记住母爱之伟大。慈母之思游子，可恐痛也！

王勃之《滕王阁序》及杜牧之《阿房宫赋》，我已读完了。此后将继续读我所心爱的李华《吊古战场文》、李白《春夜宴桃李园序》等。

十一月二十日　星期日　气候：晴

昨晚天色之转变，今晨仍在晴雨不定中。因鉴弟之假期已满，同时约定同学在潜口等待，又与鉴弟同来呈坎了。五日之在许村小候，又过去了。光阴之不待人，人可应虚度耶？

昨日父大人之来信(已记入前页)，今日来，在伯父覆信中见到。因走了稍疲倦，伯父问我可有话说，我可懒得写，不写了。想一想，我可对不起慈母，爱我之恩而忘了。

数日来不见的精神食粮，未去两点钟，已将其读完了。

在数小时的工作中，我又恢复了未去许村时的安闲。明日可要做我失学中的日常生活了，想起来，有的使难受奇是，有什么办法呢？

昨今报载：我军乘胜锐进，前锋已逼近广州东山。河南方面寇军积极布防，寇一师团由公湾运粤增援中。三水退出之寇遭我截杀甚多。英当局考虑有效步骤，以压力加诸倭国，对倭覆文，未认结果，正与法美进行协议，义正词严，好不假借。美政府致倭公会全文登载矣，大意为中倭战事以来,第三国对倭国最强硬表示,一年来,美、倭在远东关系上之总决算。美一般人士观察,英、美及美加商约之签订,成为军事同盟初步,实系有史以来英语国家第一次团结,将对世界问题采平行政策,一致对外。倭覆美牒文,有田而面格鲁(美驻日大使)就抗议各项加以强辩,未提及《九国公约》字样。美驻德商务参赞密勒,奉召回国述职。基督教苏格兰青年会,请废止英倭商约,要求政府采各项措施,减轻英在远东之损失。东线一大胜利,或再度克复宣城,溃退残敌,纷纷向湾沚逃窜,我正向九里山方面进击中。贵池方面,战况沉寂。粤汉线北段战事稳定,湘鄂线收复崇阳,我各路已由被动地位变为主动地位。倭拒绝美抗议后,美拟予报复手段,罗氏拟要求国会通过法案,事前拟与有关各国进行谈话。法驻华大使由戈斯默继任,前大使那齐亚调驻苏大使,戈曾一度任驻华代办,为远东问题权威之一。西安市民遵令疏散。法总统勒博伦接受英王邀请,次年三月赴英访问。满纸荒谬,强词夺理,倭对美抗议书覆文已见报,其中大意诡称不妨碍在华美侨利益,歧视美侨企业,竟谓因军略关系难允许美侨重返侨居地,承认侨日之美人遭受若干限制,确系事实。波兰陈兵捷境,员额有五师之众,图谋匈波壤土相接。英美商务之签订,为反法西斯胜利,英美法报之记载。美德邦交恶化,德亦召回驻美大使,国内反美情绪极高。沪江海关发表十月份对外贸易统计,入超达四百二十二万二千五百余元,因交通阻滞,致土货输出锐减之故。

阻梗英美合作的重要问题有三:一为英镑与美元之争霸,即货币问题;二为海军舰种与吨位之争执,即海军问题;三为商品市场之竞争,即商业问题。

……沉沉的磐流,疏疏的堤柳,浣衣女的拍"蓬、蓬、哒"的杵衣声……啊!……常常依着堤边垂柳,看溪底流云,默默地怀念起故乡的小友来。浣衣女的拍"蓬、蓬、蓬"杵衣声,不会惊破我的幻想,相反的,它倒在催我入梦一样。……春天,看玲珑的掠过溪面的燕影。夏日,看频频地点水斜飞的蜻蜓。秋天,听凄凄地苦噪夕阳的蝉鸣。暮冬,看大雪纷飞,浸入溪流里,片片地尽幻作昙花梦。一年遂过去了,而我也渐渐在长大起来……而今是。往年依稀,都如画,哀梦里,现在想来,不但旧居尽遭焚折,即玷污后的浣纱溪畔,大概也血腥涂地了吧?虏骑纵横,群丑夜舞,只是我们那些昔日的友人在同哭，不知道已坚决地拿起他们神圣自卫的刀枪来了不？何时重见浣纱溪？想着一股树影般的火焰在我心底燃烧起，我不由愤怒地抓起我的拳头来！

——王寒石《忆旧居》。

十一月二十一日　星期一　气候：晴

在报纸上见到日文通常所用的字，现在把她[它]的读音记载下来，为研究日语的准备，莎扬娜拉——即“再会”之意，good by；阿利格笃——“谢谢”之意，thank。

昨晚此间发生数种社会问题，有记之必要者：(一)用九十元买来一女人作老婆，不多几日又逃跑了，现在正在寻找中。(二)过岭买耕牛，而到这里来宰杀。(三)随外闻有打家劫强者。不日即有冬日之来临，恐不见倭寇，而见土寇了吧？若此，都市较乡村要安全得多，可是，飞机，都市又不及乡村之安全也。可是教人没有办法，那只有听之。

十一月二十二日　星期二　气候：晴

昨今报载：军委会政治部发表长沙市大火真相，由于军警误信流言，民众基于义愤所造成的，将准备工作变为行动，一处起火，到处发动，军事最高当局，数赴湘处置，酆悌(长沙警备司令)，徐昆(警备旅第二团团长)，文重孚(长沙省会警察局长)三人，责任重大，罪有应得，判处死刑。张治中(湖南省政府主席)以用人失察，疏于防范之罪，革职留任，责成善后，以观后效。徐权(湖南省保安处长)惊慌失措，已明令撤职查办。广州近郊战事激烈，市内寇军极慌张。我越过新墙河向北攻击，寇军向武汉北退，正面现由伪军守备，有摇动模样。洞庭湖沿岸敌舰撤回岳阳以北，湘鄂公路我军阵地现益趋巩固。归绥、包头寇军集结，拟西犯王原、临沂，伪蒙军反正达一万余，均奋勇抗敌，屡建奇功。罗斯福顾问建议，美政府应采取崭新强硬的外交政策，应考虑对倭实施经济报复方策，对独裁国家交涉不能徒托空言。谋恢复西班牙共和政府之权，在民主国家间取得领袖地位，罗氏左右著名之自由主义派顾问，有少数人协助之，确定政府之大政方针，国务部赫尔，内政部长伊克斯，劳工部长霍金斯，联邦救济局局长倍儿（前罗氏智囊团主要人物），著名少年律师考柯莱及柯享等云。人云苏倭渔业协定谈判无结果。驻美英使林德赛突然访问白宫。有田拟与美使格鲁，就美要求交换意见。英法进行谈话时，将对远东时局商定共同态度，法义协定，《法德宣言》亦双方会谈主题。张伯伦定后日赴法。德捷两国签定重要协定，合开运河（由德、捷合开里根河至多瑙河，及易北河至多瑙河间），建筑国道，捷与德国汽车道发生密切联系，界限问题在谈判中。凯米尔云，亲迳安哥拉国华，各国将派代表参加国华社，乘机与土要人作非正式谈话。德义[意]两国政策，疏远英法两国，义[意]巴英而不理会法，德扬法而专攻击英，法观察家之感觉。粤汉北段与湘鄂赣边，我到大批生力军，将领结习新的战略、战策，使寇寸步难进。长沙邮电已通。在哈尔滨及徐州，三万伪军哗变。香港大演习，昨晚开始。广州寇日来军运甚忙，敌援兵发陆即开西江。美各报传，美政府将再度致牒倭方，倭报评论，认有此举，亦属无用，倭官方传称有田外交新花样，对远东问题又定所谓四原则。西班牙内战，在埃勃罗河方面，阵线毫无变化。戈林亲信波登庆，前日飞抵伦敦，该地人士，密切注意。寇大登广告，收买人血，因伤兵日多，倭血不敷用。泛美和平，民法协定，将在华府开会，筹备会传德、义[意]、倭阴谋，拟联合分化拉丁美洲。各国海军从事军备竞争，《伦敦海军协定》，事实上已告废止，倭决建造四万五千吨主力舰，苏联亦拟提高远东舰队吨位，义[意]德将依样办理，法亦不落后。屯溪至太平公路客车，昨起照常通车。

十一月二十三日　星期三　气候：晴

昨日起，我已恢复日常工作之态了。

昨夜，房东少爷之赌博。还好，未见大打出手。不过，我可又那个了。

——公路的凹凸不平，损坏车轮，应该花钱修路，让老百姓得点工资。不应该等轮胎坏了，让外国人赚我们的钱

——录冯玉祥悼蒋百里先生。

报载：双方重炮轰击激烈，三水，我敌争夺战。增援广州寇军，以伪籍

为多。我向信阳反攻,已迫近信阳西郊。行政院会议,西康准予建省,于二十八年一月元旦日正式组府。英倭曾在上海、东京两地谈判,英下院辩论远东问题,摩林(保守党议员)与考尔登(保守党议员)提出四点,向政府质问,均由外次长特勒代表政府逐项答覆,对上海英商要求,已予密切之注意。华府《明星晚报》社评,对倭抗议无济于事,倭拒绝美照会后,犹与美敷衍。有田与美大使格鲁谈判。张伯伦访法时,将协议远东问题,对倭采取较有效步骤。郭大使方会里法克斯。戈林亲信波登庆,在美仅勾留一宵,戈林与里宾特洛甫,对外交见解有出入——亲美,亲法,反英政策。罗国境内突然发生反犹风潮,政府已采强制办法。宣城附近敌兵力单薄,有向湾、芜撤退模样。

十一月二十四日　星期四　气候:晴

旧历十月朔,到今日已整过去了两日,光阴的不待,真令我有的那个了。

昨日下午,此间由便衣队捕捉一汉奸。问伊言,由杨干跟其到此,投联保办公处,伴送至潜口,转屯溪司令部训办。其嫌疑则为途中向人乱言,鼓吹暴敌。即是不是真汉奸,也要把这些刑罚给他尝一下。

忆去岁在庐,近日已闻前线消息大变,校有停止迁移之说出也,闻学校当局正在集议中。今天,可是又一番情况了!

报载:江防部队配置严密,我军封锁洞庭湖,寇艇游曳未登陆,岳阳东南寇筑工事,亦未进犯。我由平靖关出击,武胜关已完全收复,一部猛攻信阳,现在激战中。皖西亦为我克复。象山港西侧附近,寇有登陆模样,方寇机侦察象山港,一架侵入宁波上空。南通,我游击队袭击蔡村,毙敌数十名,寇后报复轰炸。寇亦承认,华北我实力雄厚,图占整个华北不可能。寇侵华南后,香港贸易锐减,倭货入口比较增加。英法谈话定今日开始,张伯伦明赴巴黎,哈里法克斯与贾德干随行,对欧局新问题,两国拟予处理。倭菲岛倭籍渔民与菲当局冲突。捷总统候选人改推吟柴(最高法院院长),克伐柯斯基仍然任外相。倭国节约限用电话,为节省铜钱。全德犹人商店正移转亚里安人,德政府经济上援助买主,反对德国人士之财产,德政府颁令后取,此项法令主要目的,为对付沃都大公等。济南美领署，现正重开，由霍桑任总领。红锡镇、九里山相继克复，京芜线上，我叠获胜利。

十一月二十五日　星期五　气候：晴

又有甚多的日子没有雨了，乡人甚望雨来调剂一下田中的菜蔬，且而对于人之卫生也是重要的。

昨夜我又那个了。

闻今日此间又捉到嫌疑犯两名，为乞丐。

联保处大概奉第三战区长官司令部、皖南民众动员委员会总会歙县分会、第二区支会之命，组服务队——通信、慰劳、救护，闻已造册呈报了。

报载：深圳北数里有战事，香港威胁更加重，寇在宝安县属登陆，企图控制广九路，我各路自卫团最嘉勇，击退进犯之寇。豫南我克复商城，随县西南有前哨战，京山正面双方炮战。法瓦伦亚思各敌机进，开始总罢工。英法会谈昨开始举行，英希望讨论远东问题，意须获得法美赞同，实现三国联合制倭计划。英最近请美与英共同对倭，已得一部分成功，法犹疑，英将乘机说服法方解除恐倭心理。昨会谈主题为法德不再战争宣言及国防问题。法外长里赛特洛甫月底赴法，日下未必赴日。英在华北遭遇困难，决采取适当措置。英外次勃特勒在下院答覆保守党议员米尔纳及反对派公党质问。电影圣地好莱坞，现犹在大火中。法德协定即公布，协定内容签字后发表，签字前英法先行会谈。美国决加紧扩充空军军备，政府与制造商协定，每月赶造飞机千架。波匈陈兵捷境，图实现壤土相接。义[意]外长劝勿轻举妄动，德政界人士亦表示反对，罗王不愿波匈接壤。我军进占九里山一带，刻正向湾沚方向挺进中。

十一月二十六日　星期六　气候：晴

伯父去潜口购物并探望桂姊，同时取许村之存款，待好送去也。天色昏黑，始回，我未问可取来多少否？

午后在门外闲眺时，见有便衣探由许村捕来盗两名。稍待，即由此去岩寺交差了。

今日报载:深圳,我有严密准备,广州城郊激战中,驻港军整装待发,今晨或开新田警庄。为倭方排斥在华利益,沪侨国外商人成立联合阵线——英、美、法、比、加、丹、挪、瑞——采共同行动,发出共同宣言,要求本国政府,采有效行动,维护旅外人在华商业上利益。发挥抗战精神,增进民军情感,抗战军队列队经过,沿途民众应致敬礼。英法会谈之收获,奠定两国合作基础,调整军事合作一层已拟定大纲,商定对德、对义[意]、对西及中欧态度,对远东认为实有保持接触必要。会谈结束,张氏返伦敦。里宾特洛甫如赴法,将引起反德运动,法提议签订法德宣言,改在斯特莱斯堡进行。倭愿先开放珠江,不久开放长江,倭谓英对倭无明确认识,英、倭双方很难成立之谅解。

初冬的夜,寒月洒下银色的光芒,冷冷地散布在一条流动不息的长河上,银色的流波荡漾着圆圆的月影。寂静中,有宇宙的脉搏在不停地跳动,远山在薄薄的雾中耸立着,还清晰地可以辨出一条羊肠小道,那山顶上古寺的晚钟,已是很久也不听它响了。凄清的夜,虽没染上血腥,可是包围夜周围的火药气味,也够增加景象的森严和可怖……。□□章学谢“战神和母亲”。

——《战地》第六十七期。

十一月二十七日　星期日　气候:晴

今日下午,由时均兄递来父大人十一月三日(九月十二日)致伯父函,告伊旅东大小安吉。彬哥夫妇又有去扬意,为恐寒衣散失,此等人可谓怕死又忘不了钱财。闻同厘有去常清理意,父大人命三叔至扬看守门户,此也是办法也。又闻父大人精神不佳,渐入老态,此乃伊自己不爱惜自己之故。多过虑人,而少过虑自己,此为可怜人。为人子者闻之,心甚愧,而不觉碎矣!祐弟附来信,伯父大人心可安矣!

附来父大人给我一函,意颇多,可得而录之。

荫祯鉴:九日接你伯父函,告你又到许村看光伭病未回。中表情份,应当去的,兼之活动身心,免得困坐,亦好耳!不过不可放弃书本,荒废学业,你的中文程度太差,正好有闲,你要补习。果时局好转,将来在最近学校投考，以毕其业。不但是你之所期，亦才能了我心愿！近在伯父母处，亦家也，切勿心神不定。你伯父感觉不达意，晨昏问安，和颜悦色，是你之责，系不多嘱。我及你母各有痛心，心绪不宁，老态日增。你前来信云，我已告知你母，他心火慰。惟盼你勿因时势如斯，虚掷光阴，荒废学业。祖宗之邦，我亦想来，而时不我许，不知何日遂我之愿？——家书。

时均兄失血已有两日，今晚忽大剧，半夜请送服药，稍退。我以为此种病，不宜随意吃便方可了的，须要由正常之送诊之。

报载：深圳我军于激战后，移铁路附近抗战，寇图进窥苞芦，已被我军击溃。从化方面寇架炮图阻我前进。敌舰均开粤增援，闽沿海现平靖。粤汉北段与武长路，两线正面均有炮战。庞莱谈话殊堪玩味，影响法苏协定力量，如苏联不先挑衅，法当予以援助，英报认“不先挑衅”一语实难解。赫尔已赴秘京，参加泛美会议，行前谈话重视会议，认为较历届为重要。法德工会定本月三十日举行总罢工一天，此举具有政治性质，政府准备严峻措置。对侨沪外商宣言，《华盛顿邮报》社评，仍须继续奋斗，归还所有特殊利益，徇倭要求，无利可言。英政府于下周国会，将报告战时兵力，其计划将于本周内，在内阁先提出报告。德在苏市场地位，以[已]为美取而代之。倭京学生及市民，德使馆前大示威，对《纽伊莱条约》表示抗议延长，吁请国民力持镇静。倭商日清公司定月内先恢复沪芜航线，为避免各国交涉计，商轮多改称运输船。

十一月二十八日　星期一　气候：晴

晚闻伯父要亲送款至许村，我讨差前去，行来想不觉吃力，未午即可到。舅母等迎之，将去叫，因东地又有款、信到矣。下午替舅母发东、沪信，匆匆而成。内并附父大人一信，请舅父代转。舅母去许村送信，返时又带回舅父本月七日信。

舅父每次来信中，均皆提出我，且言我为伊姐之爱子，要多照护，不可怠慢。亲戚爱护之诚，今我无可感谢也！上冈、洋岸诚如伊言，皆为无家之孤苦，且要时常慰之。

报载：我击溃犯鳌头矶之寇，确实克复从化城。寇入掠深圳后，纵火焚烧,昨犹未熄。沙头角我仍扼守,寇机昨飞经轰炸,宝安城情况不明,港宝间交通已断。我攻克英山、商城后,又收复罗山、汉川。赣各界派员催给养、现款,接济庐山孤军,历经危难已安全送达,今后当更有优良表现。保障两国和平关系,苏波成立新协定,以双方现行各项条约为根据,《苏波互不侵犯条约》亦在其内,波对德不满,此举为对德答覆。英首相不放弃协和计划,虽在国内遭遇反对,方针已定,决不更变。捷领土为匈所侵犯,南国表示当援捷,履行协约规定义务,南、罗两当局进行谈话。张鼓峰事件阵亡将士尸体,苏倭双方正式交换。洪对战士事件极力压制,裁制北部罢工工人,组织军事法庭处理。今日在希京举行巴尔干同盟大会。瑞典退出不干涉会,与西国民军政府交换派遣代表,负责人士方面仍称,未承认佛朗哥政府。惟宁、宿迁曾有激战,我援军即将反攻。扬、邵方面,寇军亦图蠢动。天长方面寇机袭犯。

十一月二十九日　星期二　气候:晴

今日之事,记错了日期,记入上日了,应记此才对,皆因多日未记之故,补起来,有点那个了。

今日早餐后去许村,途遇难民,伊等要有些怕了吧?

报载:横岗现已无敌踪,自卫团包围三水,由马房至横岗,有我大军驻守,我军大举反攻,黄塘甚为得手。寇侵英界,寇酋追敢、约迟据曹县,我军进驻合肥城,淮河输送线,寇已放弃,黄河交通均为我控制。苏北我与敌相持于洋河近郊,洋河城被毁成焦土,我阵地稳固,士气奋发。鄂南、鄂中各处寇军,纷向武汉方面撤退。吴佩孚气节刚烈,决不致为寇利用。德若在非洲西部设殖民地,美决采取防范措置,泛美大会拟组织美洲国际联合会,智利代表立充实门罗主义各原则,相互成立商务协定,防范欧货侵入。法国观察家评论波、苏协定,来欧抗德互助运动。倭《国民新闻》社评,反对英使克莱琪,但倭政府并未向英要求召回。对同盟罢工,决施以严重压制,内阁命运视应付情形,达氏否认推行独裁制。德外长里宾特洛甫定后日赴巴黎,拟与当晚即返德。波军开入捷境,遭斯省军民抗拒。汉口煤油恐慌,座灯厂将无法开工,法租界对此最恐。敌在五步沟登陆,被我击退,大通、梅梗间,江岸无敌踪。

大哥大鉴：第二日寄上一信，谅可先此收到。现全家安住东台。荫祥夫妇说走，而无勇气，不敢走。我昨又切实止住，暂可不走。他们得福，不觉间而住得不耐烦，时而要动脾气，我所以随口信之，听他们自由。刻既不走，家内已由我写信与同厘，并汇钱去安慰他，闲居亲戚有互助之谊，何现要籍重他看门？时势如此，明提暗亏，深虑长期坐吃山空，奈何也！叔平年独亦不让他至扬，不久仍回洋岸。兹处垣内尚有数百元存货，亦要人照应也。去年汇歙二款，已接东台驻沪中行回信，前项汇款号信确已在途遗失，未经汇到，予以退款，牯岭之款均附退款。请兄放心，去一心挂念。——十月初八日早刻。

十一月三十日　星期三　气候：晴

鉴弟夫人与同伴(一女也，许村女嫁于上丰宋金贵，此女甚白，尚美佳一双也)去祁村。

昨夜我又那个了，今日觉头炫[眩]，自己不爱惜也！

舅母帮人家锄草，我个人在家守门。

午后去沙塍下观人家捕鱼，购来两尾，明天带往呈坎小吃也。

报载：我前锋已越螺冈前进，太平场战事剧烈，三水敌大部过西南继续转移。武汉弃守后，我在大别山根据地获得大胜利。牯岭孤军接外部电，协助外侨出险。苏北方面，寇犯洋河，已被我击退。粤汉北段战况沉寂，湘鄂路隔九岭对峙，通城敌军增援，似有蠢动模样。英经济专家罗杰士视察长江航道，沿途并无危险，在南京交涉无要领，返沪后电报英政府。伦敦《新闻纪录》报载，称德对付匈两国，已秘密劝英王军图，六师团动员完毕，三师团正动员中，军队总数十一万，本周末动员完毕。柏林电讯，德宣传部否认此事。英首相与外相定明年一月访义[意]，系英法会谈一部计划，为促进义[意]法、英德关系。张伯伦氏声称，英法会谈时未接受任何义务，亦未承认派军队义务。《泰晤士报》社评，或许战事将无止境乎！倭未歼灭，有训练之华军，战事幸运不能常在倭方，倭当局感焦虑。苏波签订新协定后，波为增进两国邦交，改派大使驻苏，双方贸易亦将发展。菲律宾完全独立期仍定一九四五年，美菲联席会提出报告，罗斯福总统表示赞同。法总工会定今日为工人总罢工日，胜利谁属在巴黎决定，视政府维持运输为断，政府已公布征用命令。美日下未再考虑修正现行《中立法》，拟与拉丁美洲若干国交换派遣陆海空参赞。美代理国务卿威尔斯之谈话，德法谋谈经济协定。我某部克复黄文山后，搜索部得以进迫顺安，据顺安之敌焚烧民房，似有退却模样。

现在是秋天，秋风萧萧地流过我的窗外，已然有邻园人家的槐树叶子，悄悄地飘落到我的庭院里来……，我静静地坐在窗前，来为你们写信，我感到无限的兴奋，我也感到无限的惭恨！是的，我还有这样的安闲，能够危坐窗前，看日暮秋云，默默地作着无涯的遐想……。我还是能拿着我的枯笔，走笔去书，把我的感情倾泻于字里行间……，我还能看迟月东升，朦胧地带来了我悲哀的旧梦……，与战争成为长久的持续，（如果中国的土地上还存留着一只兽蹄，谁都不会想到草草地结束了这次底战事的！）流浪和苦难，饥饿和死亡，随时随处都在捕捉着每一个中华民族底子民的时候，我还能享受着这些，我将感谢谁呢？我只有惭愧！英勇的弟兄们啊！是你们，用你们的头颅，用你们的胳膊，用你们的鲜血，用你们的浩然正气……，在沙场上与敌人拼，换来的啊！我只有向你们感谢！是的，我还能说一些更多的什么呢？我向你们致着崇高的敬礼！但同时我也感到歉意，想一想吧，送出来的是一批又一批新鲜活泼的人类，而运回去的却是一箱一箱的骨灰，多么阴惨凄绝啊！这些，却是谁使你们这样的？这些，却是谁的罪恶？我们中国弟兄，并没有存心想着要使你们这样的啊！（如果你们不做军阀鞭驱下的直接的刽子手！）我想着我的弟兄们，会在月黑风高的暗夜里，偷偷地接近敌人的营幕里去，飞快地挥起你们银亮的刀光！我又想象着你们会在枪林弹雨中、火花烟网里，奋不顾身地呐喊着，厮杀前进！我还想象着你们静静地伏身在你们的壕堑里，等待那畏怯匍（匐）爬行过来的“皇军”，准备给他吃一顿脆辣新鲜的九菜蛋！枪弹虎虎地在你们目[眼]前跳着回旋舞，炮弹轰轰地搅翻着大地的泥块，军号、雄歌……，这样的生活，多么壮烈而雄伟啊！饿了，啃一口脆硬的光饼，渴了，呷一口冰凉的水液……。而在另一方面，我却看见一团临风飘动的树影，遂使他们在辨认不清的暗夜里，耗费了一千多发的子弹！或者不注意地听到一声鹰鸟的叫鸣，遂战栗地以为是我们的战士攻击的枪声……。因为，谁不爱惜自己的生命呢？他们不知道为什么要到中国来，战争？他们想不通，想不通啊！也许，英勇的战士们！你们这时已经在作着憎恨的怨语了吧？是的，你们在火线上正面打击着敌人，而后方还存留着多少荒淫与无耻！应该告诉你们的是，孤犬并不能代表全面，多多少少觉醒的弟兄，都勇武地拿起他们的锄头、铁铲，准备着站上抗战自卫的疆场来了！而我们也时刻不停地在使用着我们的笔和我们的嘴巴，我们是用这些来唤起一切不愿做奴隶底人的啊！末了，让我们再说一遍，我向你们致以感谢崇高的敬礼！

——《寄给战士们》，寒石。

感到有一些兴奋！尤其是当我确知了有四个联队的敌人，在你们底奋勇的搏击下，被全数歼灭了的时候，我激动的流出了欢欣的泪水来了。被饥饿与贫穷紧迫着，被贪婪而狂暴的军阀鞭驱着，茫然地越海过洋来到这亚洲大陆上，做着疯狂的屠杀的，你三岛的弟兄们啊，应该醒醒你们的长征梦了吧？什么“无敌皇军”，什么“速战速决”，什么“征服支那”……一半的昏语，一半的欺骗，还有谁能相信得过呢？想一想吧！

十　二　月

民国二十七年（1938年）

十二月一日　星期四　气候：阴

闻人言，曙光之时，曾有小雨。起身后，天气已有放晴之象。

我又由许村由人伴我来到呈坎了，四百元汇票已带来交于伯父，待瑞霖兄由丽水回家后，再忙取来。

伯父交我父大人一信，系十一月八日发，十一月二十九日到，因信中有话至为重要，已抄入日记中，可前而见之，不再重覆了。

闻人言，绩溪一都与歙县之东乡交界处有匪，县府已往剿，命上丰、许村之自卫队前去阻塞溃匪中。此间，自卫团已组成，常备四名，夜间巡逻队，每甲一名，大约是有其名无其实，壮一壮声势耳！

报载：晋西北寇军大部开绥，图积极西犯五临，传寇首莲沼蕃在张垣调兵遣将，寺内寿一亦将赴大同、包头指挥一切，我北路军袭击杨芳口，歼灭车站据守敌兵。螺冈、太平场间，我连克数重要据点了。沙头角孤军转进后，先发制敌，向敌反攻，克复场田、坪山、横岗。津浦待展开大规模游击战，我在各紧要点出动，日来战局，我极有利。寇军当局发表公报，计及三照会说明，暗示军事行动未停止，不准外轮在长江航行。宿迁一役战烈，胡总队长殉国，县长常备队长重伤，敌现有攻泗阳模样。法国空前所未有，国会、社会党议员，明日在国会开例会，政府方面除设法阻止入场外，别无其他[它]方法可以禁止开会，各处工潮经过尚属平稳。《泰晤士报》评，倭对华战事终有崩溃之一日，中国抗战决不终止，倭已无法以求战胜。日本银行发行代币，已超过法定数目，达五千八百万日元。苏因倭任便建造主力舰，提高主力舰吨位。英要求苏限行太平洋，在波、黑两海维持原状，苏拒绝请求，英再向苏申述。德政府下令，禁犹人行走自由，在下星期六（三日）德国团结日，不得在柏林市街行走。德派恐怖党赴波兰执行特殊任务，因迷途误入捷境，被小俄罗斯省会警察抓获，德请捷释放并保守秘密。

十二月二日　星期五　气候：晴

昨日之阴霾，以为有雨意，那知今日仍阳光高射。

瑞霖兄已由外间返店，今日来片告。

舅父等信今日已寄出。待鉴弟至午后，未由校回。想伊不从此间而去返家否？明日去信问问？

阅十月二十八日《新闻夜报》载，《芝加哥大火记》(In old Chicago)，主题歌由爱丽丝费唱。剪下，待日后观此剧，为之忆也。

报载：犯粤敌军仍纷纷增援，我军已收复深圳。敌伪对华北棉花决定整个统制。英下院辩论远东事件，倭寇继续封锁长江，英已提出抗议，对倭在沪强□□限制问题，外次自民党称继续向倭交涉中。法国社会党与政府间，争执已趋尖锐化，勃鲁姆(社会党)对达拉第现内阁抗议，达氏到处演讲，政府地位已较前加强。德机“引云号”飞抵倭京，表示对日亲善之意。英前任外相艾登将往美。英前任情报司长魏赍德爵士演[言]论涉及远东时局，倭在华所采取攻势，实由德国为之奥援。浙江海面之敌在普陀附近强行登陆，敌兵舰两艘，以大炮来声援，现正激战中。

十二月三日　星期六　气候：晴

罗府真不知死活，当此时期，尚在不断的购田治产，可谓无财名而硬表示财主也！

忆去岁今日，已由庐下山三日，在浔[九江]大华候转中。而今已人事皆非，忆之，不禁使我伤感也！

政治机构之腐败可恶，而联保此一阶级更加坏！即如派款，依他们看，系有钱者多出，没钱者少出，意不能借。可是实在的话，系强者少出，而弱者多出。政府系布壮丁服务，伊不去，当然派款。那是伊表示有钱，不愿工作，为何仍要住户代其出钱也？不知是何法令，我为国家用人，地方上不得公正人可恨也！

报载：从化以南，战事仍激烈，太平场敌已动摇。三水敌图渡河被我猛射击退。涠州岛新盈港（合浦）敌有登陆模样，广九路我军活跃，袭敌颇得手。商城、潢川同日克复，我军已进驻浠水。倭下年度预算定为三十六万九千万日元，对华战事预算五十万万。寇捉我战区肥壮之幼童，全为输血工具，俟血液吸尽，沉尸江中，沿江不少装袋童尸。齐亚诺演说对法有微词，激起义[意]国会反法运动，义[意]政府在殖民地问题上所提出要求，似与德要求收回旧殖民地互相联系，法外长庞莱已向义[意]大使提出交涉。德外长里赛持罗夫定下星期一赴法，星期二、三举行谈判，目的签署友好宣言。义[意]愿加入伦敦海约，格茵第（义[意]大使）赴英外部，签订一种合作声明。西班牙政府召回驻比大使，比私召回驻西代办，为此派遣商务代表驻两国，蒲尔哥斯城（国民军政府所在地）。倭海部发言人谈，美扩海军，倭并不感威胁，惟美防御东、西两部，无需巨大海军必要。

十二月四日　星期日　气候：晴

谣传，灵山有匪劫此间之女，昨日嫁去。后又闻非实，总之人心不定，确实！

今日报纸因何故不来？

闻子锡舅来告，瑞霖兄已回府。闻伯父明日去，为兑汇票等故。

报载：宝安县城敌军已退出，太平场为我收复；三水敌炮轰马房，现仍隔河对峙；广州敌甚恐慌。河南游击队活跃，信阳城外，寇势力即不能达。犯我普陀之敌舰，有再度登陆企图。我军一万越黄河开赴晋南，寇感受军事上困难，晋北寇集中大同，拟向绥远增兵两师团，寇司令寺内临时离开，寇军特别戒严。德国已向立陶宛提出内容甚为宽泛之要求，故此间局势恐将转趋紧张。对义[意]索地运动，法抗议措辞强硬，英或将向义[意]提出非正式交涉，驻英法使晤英外，有所商议。科西嘉有示威运动，对法效忠。法对里塞特罗夫来访，将首询义[意]国政策，法德谈话如何进行，当视里氏答案为定断。各报表示，凡属法国领土，即一寸永不能割让外国，若□□称，此次义[意]大利之领土要求，法国显属同谋。据各报暗示，德外长下周来法时，即将提出义[意]方之领土要求，若干报纸就德外长此行加以评论，谓法德非战宣言之价值仍在，不无可疑。法义[意]关系紧张,法或将召回驻义[意]大使龙赛。义[意]此次对于(绥靖政策)打击甚大,张伯伦是否照原定计划联义[意],殊属疑问。倭强使伪满担负特别军费,本年度付军费计一千九百万元。各国如能遵守海约规定,英不拟建造巨舰,英政府最近之表示,义[意]已签字加入伦敦海约。倭政府加紧压榨人民,实施《总动员法》三条,饬令全国总动员委员会起草敕令,实施条文为六、二十一、二十二、二十三条。皖南全线开始反攻,我各路大军节节胜利。

十二月五日　星期一　气候:晴

今日子锡舅舅之外甥二十生辰,早请吃面,中便饭。

初生之犊不畏虎,初生之儿不畏米了。数月之婴儿,能可食饭粥,可谓奇谈。伊之小命,真危险也!

今日得来国民出版社出版(正中书局经售),杨明译孟却斯德导报(manchester guardian)驻华记者田伯烈氏(H.J. Timperley)[①]所编纂的这部《外人目睹中之日军暴行》(What was man see the Japanese atrocities in Chian),阅之,爱不释手。并非爱其内容或做得好,乃是爱其真实。诚如作者对于本书的目标,扼要言之,在以日军如何对待中国平民的事实,向今世公布,为求真确,不存偏见,使读者明白认识战争的狰狞面目,并剥夺战争的虚伪魔力,读者是好大嘉的,军阀们所不能忘情的!作者站在爱护正义、爱护公理、爱护和平、爱护人类文明的立场上,报道展开在远东大陆上,黑暗吞噬光明的最疯狂的一幕。

报载:岳阳附近炮声甚烈,城陵矶忽起大火。洞庭湖沿岸各县昨平静无事。苏北突破敌炮阵,对宿迁正包围中。倭国政党没落期近,首相会议商讨国民精神动员。英当局郑重表示,斥倭声明无稽,航行长江中英国船只,未运军火接济游击队,寇军乘英轮不给船费。法、义[意]情势稍见缓和,齐亚诺告龙赛对众院反法表示,义[意]政府不代负责任,一切外交问题以政府行动为定论,义[意]国所有要求或可因此宣告结束。我驻德大使余公,呈递"国书"期未定。希氏认颂词中应删改,拖延至今,业已删去一段。德外长今日到达巴黎,将提付讨论殖民地与经济问题。多尔恩堡(外交部交际科长)先赴法部署。倭政府预算压榨人民,向民间要求谅解,定期召集民间关系代表会议，说明此次编审预算总额经过，该会议已十年未召集。匈、保、阿尔巴尼亚向南斯拉夫提出领土要求，收回现战后割让领土。

注释：

①田伯烈：1898年出生于澳大利亚，后去英国定居，1928年任英国《曼彻斯特卫报》驻北京记者。1937年抗战爆发后，田伯烈在上海支持中国的抗战。南京沦陷后，日军制造了南京大屠杀。田伯烈大量收集了南京大屠杀的第一手资料，写成了《外人目睹中之日军暴行》一书，并于1938年6月在英国出版，引起轰动。中日等国均于1938年将该书翻译出版。此后，他继续在国民党中央宣传部驻外机构中任职，直到1941年下半年才离任回国。田伯烈回伦敦后又投入到世界反法西斯运动，以及战后重建国际新秩序的行列中。1945年起，他在联合国教科文组织任职，长达7年之久。后来他又赴印度尼西亚，为印尼的战后重建努力工作。1954年，田伯烈因病在英国逝世，享年56年。

十二月六日　星期二　气候：晴

《外人目睹中之日军暴行》，今日仓卒读之。

伯父闻瑞霖兄回。昨日去潜，为汇票、税契等事而往，今日下午已返矣。

报载：中英交界处形势严重，寇毙印兵十数名，我游击队进入广州市内投弹。冀东、绥东我大军袭敌，寇西犯企图又成幻想。晋南敌军确有放弃风陵渡模样。美海军中有倭籍姘妇者，最近均以奉到调防命令。义[意]国宣传索地声中，盛传义[意]、德、倭有新谅解，倭可在华自由行动，义[意]则全力向非发展，义[意]、倭援明德国扩充中欧及东南欧势力，法德将会谈义[意]法关系，法阁应付办法，科西嘉、突尼斯均有反义[意]示威运动。战事若果爆发，美当在敢而数月中，动员士兵一百万。德访倭飞机即飞返欧陆，倭现拟接洽购买，大藏省无现款可筹，拟以伪满大豆作价。反攻部队续有进展，顺安在我三面包围中。

十二月七日　星期三　气候:晴

昨晚,尼姑来化缘,我说讨厌她,时钓了女人心中大为不快,今日仍在那里说我。待我有机会来骂她两句,训了她,还是在可怜她。

写便条一纸,托觉先兄带往潜口,向中和堂探问,预定《抗战一周年》(浙江战时文化服务会出版)可寄来否?

晚间,子锡舅向我用另[零]票兑换一元票一张,我告其明晨,冷伊。

报载:我以机枪密集猛射,寇图登北海未逞;榆林港发现敌舰,企图测探,亦被我击退。钟落潭我毁敌甚多。江门前晚陷落,中山县与内地交通断绝。行政院昨举行会议,三次全国教育会议明年二月举行。倭寇发言人承认,难向长沙方面推进。倭黄金又运美,价值五百八十万美元。美政府高级人员正研究对德、倭经济制裁方式。他国对美有直接或间接歧异待遇外,总统得禁该国货物入口或迳予增税。里氏等抵巴黎,法德宣言已签字,后即进行谈话。苏、倭渔业协定交涉陷入僵局,倭报负气对苏攻击。达拉第将于明年定期前往科西嘉及都[突]尼斯。张伯伦在英下院答覆议员质问,英义[意]协定不能变更,英国对法义务,附件内注明保持地中海西部现状。

十二月八日　星期四　气候:阴

近日,已有两月余未见雨神,各方皆望眼欲穿矣!今日天色已大变,不知可否有雨意否?

鉴弟之同学郑君今日来,送来条一纸及《大路》周刊、《战地》半月刊,共两册。来时不送来,去了,糊一下,此人可恶!

昨日,请觉先兄带便条至潜口中和堂,探问《抗战一周年》可寄来否?我是向木头言,他的错误他不认,似乎还要发急。我不应向他作气,要原谅他,可怜他,向他解决,教导他。

一元法币已借与子锡舅,可是一日未见小票给我。下午向我现了一现法币三张,似乎表示我有钱,不要怕我不还给你?

报载:在我守军严密监视下,环海敌舰无动作。广州仍在我围困中,三水西南敌图赴援。近卫发表求和言论,可证明寇力已竭,无论敌发如何求和方式，我决抗战至寇崩溃时止。反攻宿迁进入城内。驻德大使陈介呈递国书，当在本月十五。中美借款问题，谈判告一段落，陈光甫飞港即转轮，必要时拟再度赴美。英上院讨论远东问题，上议员爱利般克演说，应予华以适当援助，外次朴莱茅斯称，援华在同情考虑中，政府随时与各国商酌对倭平行步骤，必全力进行取消倭对英商歧异待遇。法德会谈已缓事，明白承认双方现行界线，保留双方与第三国关系。倭财相池田自承认现金输出甚巨，为应付长期战事计，工业生产力应提高。屯溪防空会昨日开始成立，不容忍认，抗战已经十六个月，而屯溪防空会直至昨天才产生，在迫切需要上说，似乎太迟！我们可以指出，敌人徘徊在皖南、沿江不敢深入的许多理由，可是，我们不能担保敌机一贯的蛮横作风，在屯溪领空会停止表演。并不是幸灾乐祸，在敌骑无法前进时，唯一对我的威胁，就是滥施轰炸。屯溪民众因抗战以来畸形景气的影响，生活在松弛的环境里，对于防空常识，以过去事实证明，尚真不够做战时国民资格得很多！所以，我们希望屯溪防空会，运用大刀阔斧的方式，在短期内积极充实市民防空常识和规划各种防空设备，这样才能减少可以避免的损害！

十二月九日　星期五　气候：晴

昨日发出一信，告鉴弟一切。

昨夜我又那个了。有了好些日子了，忽然又想到，可恶！

伯父家之女房东，病已数日，睡于床榻，未见有儿媳等人向其询问，听伊睡在那儿。她等皆快乐过生活也，我为生儿女者叹！祐弟之丈母娘，初看见，我即觉不是一个好东西。果然不出我之所料，我得了确证，昨日下午及今晨，我见伊等母女两人共同筹划呢！伊当人家面是说的一句话，对女儿又说的是另外一句话，此种人最可恶！专门会扰乱人家家宅不宁，我必须拆穿她的秘密，为当事者告。

报载：环海榆林港敌舰他［它］驶，环海现已无敌舰。洞庭湖面到大批敌舰，图登鹿角市未逞。我派重兵守庐山，相机规复信阳，牯岭孤军不断游击，于九江寇兵威胁。倭在港设立间谍机关，冒用名称活动，港府即将审判。外部在港签办护照。海军发言人表示，长江尚难通航。起自陕西宝鸡，直达苏联边境，中苏间直达铁路，正加紧进行，即分头建筑中。苏联政府昨发表公报，对倭态度颇坚决，寇不清付中东路尾欠，苏即不进行渔业协定。英下院于前日辩论远东问题，罗南士希参谋总长会议结束。英加强远东防务，拟在香兰岛设空军根据地，同时作为商务之用。八届泛美大会期近，赫尔定今日演说，各国代表均加以期待。张伯伦令驻义[意]大使潘思，再向义[意]提出交涉，如反法运动长此以往不已，则联义[意]之议当作免。铜陵境内鏖战兼旬，残敌现在老鸦岭对峙中。

十二月十日　星期六　气候：晴

数日来，天气忽变，有雨意。可是气象等于久雨初晴之象，真令人焦急！雨，为何不来也？

闻人言，歙境内有军队过，为反攻芜湖之部队。我等在此，耳听捷音也！

报载：粤汉北段敌增援进扰，新桥河北岸激战。绥蒙会委员长沙王移驻榆林（陕西），我军已克复三家庄。寇视中条山为畏途。倭因苏、倭关系紧张，表示对他[它]国让步。有田接见英美两使，言辞较前缓和，对美更愿让步，担保促进美、倭关系。德驻义[意]使访齐亚诺，讨论义[意]索地运动，义[意]政界表示德应对义[意]赞助。驻华美使奉命返回，备咨询远东情形，驻倭大使无召回准备。《泰晤士报》意表示赞成承认西国民军为交战团体，国会人士甚为震动，英国政府现仍反对。倭更调华北寇西田，前陆相杉山任总司令，寺内调任为军事参议官。敌分兵多组近援铜、繁，境内大激战。

下午，慈祥嫂递来一信。阅之，为彬哥给大伯并附我一函，录之，为他日之纪念也。

祯弟：彼此久不通讯，甚念。上月间至潜口，想已早回。庚弟身体复元[原]到校，吾弟到徽，转眼一载，换言之，即失学一年。父亲深以为虑，惟望吾弟静心自修，虽不能求进步，已学之课不能荒弃，他日能有机会，总想毕其所业。至于在里务要耐心守候，今年时间不多，且属冬令，来春视时局情形，为温、台间好走，可由金华、兰溪转道，由温州至沪，由沪到扬，到东，均便利。此不过有此着想，是否能定，须临时再酌。复旦沪技术工科曾设立否？沪上有无同学通讯，可便询之。我们现决定返扬，详情见上伯父信，不赘。屡次说行，不行？实在怕与鬼见面。今迫于无法不得不走，幸家居尚安，途中亦勉强可行。东店内由父母大人以下均安，惟父大人于一年中饱经忧患，康健较逊于前。近患牙痛，身心大苦，盖六旬之年，处此年头，不得不催其远志，此为人子者惧父集之愁也！母大人精神亦不如前，饮食尚佳。三孩均粗健，念慈大活泼可爱，均希勿念！无事甚联，时时来信告慰，免念！余详伯父信中可参阅。即颂，近祉！兄祥手书。十一月二十一日。

十二月十一日　星期日　气候：晴

彬哥来信，阅之，使我频频掉泪。多少问题涌入心头，使我无法解决也，多方面想除去，可是心头的伤痛，不时的向我回转。伤心哉！痛哉！

报载：襄樊形势愈形稳定，浙河、皂市同克复。南浔线前线日来更沉寂。寇因庐山游击队活跃，实行封锁，禁粮食进山。如皋及仙女庙敌均有进犯企图。各据点均入我手，湾沚不日可下。亮石山、里郎坑一带，我、敌刻正混战中。鲁港敌增加，似图犯南陵、繁昌。泛美大会开幕日赫尔广播演说，采取有效办法组织和平经济问题，废止贸易障碍，国际关系上充实国际法。美驻华大使返国后，美驻倭大使亦将奉召返国，美将改变远东政策，对日经济制裁可能性甚大。法总理演说，对共党抨击甚烈，认慕尼黑协定并非屈服，吁请停止暗中扰乱行动。法报传，希氏将演说，表示愿谈判缩军，转移目光于乌克兰，竟代要求自决权利。罗氏说将向国会提交新立法案，对法、义[意]、德相互关系，德、义[意]正进行商洽。英、法认德对法、义[意]关系冷淡，义[意]报称，德、义[意]轴心未被离间。英商务大臣史顿莱向下院提出《出口信用担保法》，远东各国人士或表欢迎，认为援助中国开发西南。义[意]、埃举行谈话，埃否认涉及苏彝[伊]士河问题。对国际条约效用，美人士表示怀疑，独裁国家破坏条约，民主国家不应响应。

十二月十二日　星期一　气候：阴

昨晚接彬哥来信，得知一切。昨夜因之失眠，思之不禁泪坠，离慈亲之怀抱已有一年余了,若是我有经济权的话,我早已不在此间了。守财奴以为我取钱不还,说出那可恶的话,现在我可知道了人情的如此!

确系大旱之望云霓,清晨睡在床上,听到淅淅淅声,知雨来了,大家皆欢喜若狂,乡人皆忙于种菜了。

觉先兄至岩寺取报回,带来一消息,由桂姊告知,秋妇之母家失窃。伊母闻之,急甚,闻次日去矣。

报载:我克复惠阳,向博罗搜索前进,寇图登榆林港,被我防军击退。黄陂、孝感之敌向安陆集结。我军正猛攻宿迁城。省港轮开驶交涉停顿,倭独霸珠江航权,推进黄浦筑港工作,图实现台、广间联运。王外长谈《九国公约》非任何一国可得满足倭的要求,废约或修约实淆乱是非。有田约晤英美两使,谈长江通航问题,倭对中国门户开放政策无变更之望。泛美大会席上赫尔演说,吁请美洲各国联合一致抵御侵略,誓死抵抗侵略国家以武力侵入美洲,危害现有政制之理论绝对禁止,取缔单边国际法基础,调整国际经济关系。东欧局势激荡中,对米美尔问题,各国举行重要谈话,如让步须修正《管理米美尔法》,德使返国听取对公民投票之训令。寇罗掘供穷,搜刮民有现金。艾登在美演说,民治感受威胁,民治国人应以全力维护所有理想信仰,忍受他项政体挑衅。

十二月十三日　星期二　气候:阴

昆弟之丈母娘因闻家中被窃,今日已急极而去,不顾天色之阴霾及途中之淋[泞]泥也。

报载:西江方面寇损失颇重,东江我克复博罗,寇退罗浮山增城,我乘胜追击。铜陵战事激烈,敌似图东犯繁昌。我收复马鞍山石潭碑,更逼近通城近郊。寇陷六合、郧城,有犯天长企图。华府将举行大使会议,美已重视国际关系,外交政策或将改变,张伯伦式之现实主义者,现已逐渐活动,于义[意]或将首索其利,于德仍将倡议制裁,对倭将采严正政策,欢迎英强硬态度对倭,调整商业政策亦为必要讨论问题之一。法于都[突]尼斯实力充足,可应付紧急事变。义[意]报一致请法让步,加伊达(意报首,墨氏之喉舌)称法与捷同样借款。法罗两国签订两项协定,"商务协定"增加两国贸易数额,"付款协定"规定清算款项程序。匈外长联德解释误会。

泛美大会开会，中外电传墨西哥与德竞成立大贸易计划，德向墨购油，以机器作抵，但须支付部分现款。兰登（共和党）赞成赫尔政策，美代表团拟定宣言草案，阿代表请限制同化外人政治权利，预防危机。欧洲地图将再度修正。米美尔选举，国社党占优势，公开要求回归德国，英报认德将仿并奥步骤，武力占领，而波将无力反抗，同意领土变更，惟立当局与德谈判，修改《米美尔协定》（英、法、义[意]、日保证），以利立国通过米美尔之对外贸易。日苏渔业谈判双方现同意商行临时办法，限制倭人所享情利，倭先拒绝，最后屈膝。

十二月十四日　星期三　气候：阴

今日天气已有转入晴象，想次日当有阳光出现也。

子锡舅真乃不识时务，今日去淳安办货，想自做洋烛出售，数十元之资本，可够什么？我为其可怜！

报载：粤各线仅有一接触，我向增城追击中，各路寇军先后撤退，增防广州外围，三水寇进退不定，沿海敌舰无异动。寇近调大批台湾海盗驰援闽浙沿海，泉州等地海面寇舰来往驶动，企图不明。湘鄂、粤汉两线战事现又转为沉寂。通城方面寇向后撤退。如皋敌增加，图犯海安。全美一致抗御侵略，美阿已成立协定。英专家研究对日报复，艾登有重入政界可能。木镇与天马山寇似遥相呼应，有联合进犯青阳模样。日苏渔业问题，苏方所提新办法，倭称不能接受，谓其目的在摧毁倭渔业权。犹太人首批赔款限月半付清，德国政府勒令应以现金支付。伦敦与华盛顿方面，正考虑对倭经济报复，英已通知美，如能继起采取相当步骤，愿首先对倭实施商业上之报复手段，并通知法政府当尽可采取同样态度。墨索里尼定下周杪巡视撒丁岛，对义[意]、法间紧张情形，将乘机宣布其态度。张伯伦首相今晚有重要演说，讲题为英外交政策，各方对此非常重视。《纽约时报》称，对组织美洲联合阵线问题，美洲各国态度歧异，南美三国（A.B.C）恐德经济报复，表示反对，中、美各国则拟支持美国所提建议，阿、墨代表请大会调解西班牙内战。张伯伦宣称，义[意]、法两国如开战，英无援法义务，英、法人士认为系法理的观点，战事如爆发，英难袖手旁观。首相称赴义[意]仅作私人谈话。义[意]报对都[突]尼斯案仍示倔强。柏林人士称，德尚无意兼并米美尔，拟与三国成立谅解，俾兄立波接近德报，认选举必胜，归并仅时间问题，英法联德，尊重米美尔区现行制度。

十二月十五日　星期四　气候：晴

阅报载，敌有犯海安、天长之企图。闻之，急甚，东、扬两地之家人安宁问题，将又生问题了。

清晨，阳光大射，确已入晴象，可是下午又有阴霾，不知夜间可有变化，明日有雨否？

我正在楼上读英文《阅报举偶》(a guide to the study of jownalistie English)时，忽闻下面有人谈话，知鉴弟来矣。午饭后，与其同来许村。

闻鉴弟言，伊校中全体离开，当局有令，有紧要集会及要员来临也。

今日为来里避难一周年纪念日，巧我又在下午来到许村，可为怪矣，深值为纪念也！

十二月十六日　星期五　气候：阴

在床上闻淅淅声，知又雨矣。

昨晚睡眠甚迟，或因心中不快，又那个了。一年之忧虑烦闷，使我对于人生的过程，多得了许多的经历。

鉴弟告我，伯父对我有怀疑，用钱之太多。可是我但要反怀疑，他给我了多少！将有厌倦我在此之意否？我为我为什么要想到来徽里，恐一年来之收获是什么？我想绝不如他守财奴，一毛不拔，一无朋友之人可比。所想到一无知识的话，要饿死，要讨饭。我提起此事，想到此话，我就要来气。我将要骂，一个无理性的人，我为其一生不见报界可悲，终日蜷伏于高柜台之上，洋洋为自傲而毁灭了！

十二月十七日　星期六　气候：晴

昨日花了没有两小时的时间，将一本小册子读完了。此本小册子就是蒋方震译《日本人——一个外国人的研究》，是一个德国人所著。大约因为某种原因，真实姓名不能写出之故，只说了系那[哪]一国人而已，其内容之丰富,确如译者《序言》中云——我同他就谈起东方事情来,那[哪]知道这位红颜白发的仙人,他的东方知识比我更来得高明,凡我所知道的,他没有不知道。他所知道的,我却不能像他那样深刻……。我读了数年的日本史,只知道日本过去的大概,可是我看了这本小册子之后,我可知道日本过去一切实实在在的情形了。我想有机会再读她[它]一次。

外国人研究中日战争之过去与未来,较我们所知道的确明白得多。我在《序言》中(日本人)看到,一个同情我国抗战,而处于与敌国同性质的国民告译者:“胜也罢,败也罢,就是不要同他讲和!”此话确有深远之意,令人寻味!我们要不忘却他[它]国国民寄我们同情,来达到我们自立的目的!

十二月十八日 星期日 气候:阴

昨日去许村购物,并经祯祥府探子余舅母病。伊已渐愈,可无顾虑也!闻伊三媳已来过。

《抗战一周年》(浙江省抗日自卫委员会战时教育文化事业委员会编印)——抗战建国丛书第五种——我未购到,已由鉴弟购来。阅毕,乃当局及各方对于一年来各事件动态之报告,我国力、人力、物力之报告,阅之,可得其梗概。

前日报载:我两路军取得联络,收复淡水,图攻广州。为保持主动地位,繁昌我阵地转移,改守有利地带,发挥机动出击性。敌一部向青阳东猛犯,在激战中。津浦线寇纷调伪满,苏伪边境有发生事端谣传。张伯伦在外国记者协会演说,说明英现行外交政策,希各国一致消灭战争原因,最良办法为实行缩减军备,对德报反英宣传(反纶尔温)表示惋惜。倭寇独断长江航运,将开长江轮船公司,英商航务已大受损失。有田、克莱琪数度会晤,倭有意废《九国公约》,但仍未有正式照会。财政部招待记者阐述,开发经济之财政,仅施行贸易、农场、工矿三调整,当以增强生产,扶植运输,调整贸易。米美尔问题德表示赞助民族自立。倭、墨谈判,倭购油三千万桶。苏对倭所提临时协定,倭渔业受挫,不接受。

昨日舅父来信函告,一切内容要者录之:

……时局不知延长于何时？荫祯不知何时才能出外？因国事关系，他母亲对于他甚为挂念，荫祯对于他母亲要望殷勤寄信，时常安慰，尚不知能可消释？你们表兄弟此一向曾否有信到洋岸否？先侄可否有信到上冈？我如愠眼患已好，知念顺慰！盐务由国难当头，早经停办，大家在此除维持现状外，无得甚事。通道公司尚可保长，多混一、二年。其他营业，生意人闲散无止，将来结局诚不堪设想矣……。

阅舅父来信，知母大人念我甚，但我也念她甚。离窠的小鸟，羽毛未丰，在外漂泊已有一年多了，思之，不禁欲绝。盐务停顿，即我之家庭生活发生困难，不仅我个人如此，亲戚朋友当中大多皆依靠为生活，将不知如何解决也？大有秦人对哭之势吧！

十二月十九日　星期一　气候：阴

昨晨天色似有放晴之象，中午阳光大射。而下午大雨来临，晚间未停，而夜间淅淅沥沥声，一觉醒来，未见断续之声住。今晨仍有雨意，想晴朗恐大不易也。

说了数日要到上丰去嬉，今日得到实现了。将午偕鉴弟、夫人同往，冒微雨而行，到那儿尚未午饭。饭后，去赵村讨梨，未获而归。寓祁府，共眠，我与鉴弟。夜间吃宵夜，为藕粉。

此次伊等去祁村之用易[意]，为作说客，劝伊婆媳之和。视之，伊等已如常同食，但暗礁甚多，后忧不决也。吾亦代其为患也。

阅了《中学生》第七十四期(二十六，四月号)，《青年文艺》之“四月日记”(茉子)上说到，《庐隐自传》(女作家)之童年时代，写得很亲切，苦楚，虐待，没有母爱，使她失掉快乐的童年，奠定了她的宇宙观和人生观。不禁使我联想到我的爱儿——念慈——了，根本一点，母爱都没有得到，将来伊回想起来，伊将不知如何的伤痛，我只有使她——无论如何——不要得到一些苦痛，使她小小的心灵得以安慰，得以甘露而繁荣。

十二月二十日　星期二　气候：阴

昨日阴雨，今日似有转晴之象，但阳光不射，阴云四盖，不雨即雪了。

早饭后,偕伊等同返许村,途中闻炮声、机枪声,枪声大作,似有人袭,但转念可不会如此快甚,大约系实验吧?

闻徽中同学昨晚已来此间,今日可望表演。有,便拟去一观,作为消遣。

闻人走告,晚间徽中同学在此表演,拟纠人往观。正晚膳,顷忽大雨滂沱,此兴为其打断,早入安寐,无他意也。

报载:我国外交上一大胜利,英美贷款已成功,美贷款作购买汽车、汽油及粮食之用,我以桐油作保证,运美销售,再购美货。中美信用借款原则上亦以成立协定,一部建造铁路,一部购买英铁路材料。英美贷款告成后,政府债券均高涨,外汇大见转松,汇划、贴水二率猛跌。外人方面承认为对倭一种威胁,美报主修正《中立法》以应付倭国。

十二月二十一日　星期三　气候:阴

昨日大雨,今日雨住,下午有放晴之象,气候较凉,已入冬意。

昨夜我又那个了,近日易于冲动,此后当谨慎之。

鉴弟闻痰中带血,由舅母陪往霞峰求治。看其脉案,觉甚为危险!我想可暂时无碍,但宜当心!

昨今报载:对英美贷款于我事,倭始视,忧虑交作,有田对外记者谈,足使战事延长。西报评论,倭国不满,但无权过问,若采报复政策,英美必加倍报之。东湾发现敌舰,寇将以武装汽船,驶行广州、澳门间,目的在运输军用品。有田与外报记者纵谈国际条约,谬谓《九国公约》不适用,对《朴之茅斯条约》则称,并无不适用之处。苏联拒签渔业协定,不能说明应付手段,不能回答苏倭战争是否将不免问题。中外可靠方面证实,大批寇军调关外,同时有大批沿平汉线南下,寇军不久或将强渡过黄河。寇传苏、伪边大批苏军集中。何家湾敌尚无积极进犯趋势,我游击队仍坚守繁昌。汉寇封锁法界后,提出四条件:界内中国人应一一登记,商民退出租界,并须纳税,银行所存现款一律交出。津寇对英法租界决向,今日起实行整个封锁。寇商杉山现正抵津,传系与租界事有关。敌摒除各国在华利益,图掌握长江航权。义[意]态度较缓和,卡波尼亚落成典礼,义[意]相演说不涉外交问题。德报称,在英撲联义[意]前,义[意]拟采保留态度,驻义[意]英使已明确请义[意]尊重地、海现状。法情绪仍紧张，军界要人定期巡视北菲，科西嘉限制义[意]人活动，北菲有反义[意]示威。齐亚诺已抵匈，传将劝匈当局放弃匈、波接壤要求，并当讨论匈对巴国协定立场，同时于匈以经济上种种便利。美内务长演说，痛斥法西斯主义，现代独裁国情况尽可比拟。窘态毕露，苏倭渔业谈判，倭人自作转圈。伊朗予强硬表示，拒绝调停西战。英美在新加坡、夏威夷，计划充实防务。我外部发言人答复记者问，驳斥有田谈话，英美对华贷款，倭无权反对，违约者因废约实因果倒置，排斥第三国利益事实俱在。行院昨通过，李汉魂主粤。英伦密切注视天津方面局势。美对我进一步之财政上援助，白银协定决延长，美财长摩根索公布并发表谈话，我可以存美黄金担保，续借美汇。美对远[东]切实政策，待詹森返国后可决定。英对我信用借款，我已发出首批订单。倭因国际情势不利，调动作战长官，改变作战政策，化攻势为守势，及畑俊六亦将调回。英下院激烈辩论，中国问题为质问中心，英揆畅谈外交政策。美军事家之报告，英空军之威力，超过今现各国。法参谋总长正视殖民地。

十二月二十二日　星期四　气候：阴

今日为旧历十一月初一日，且为冬至节，外间俗例，今日祭祖，此间无此意。不知垦坎伯父处如何？我因懒于走，今日未赶往，或恐其要言耶？听之。

去许村购药并购物，消磨半日光阴也。

阅昨、前两日报纸，无进出。青阳一带，我军仍守原处。苏北未有变化，心稍安！

报载：广州寇军异常恐慌，我机进击敌阵地；西村及白云山机场敌损失颇重；花棣曾发生剧烈爆炸，枪声陡起。我恢复九里山及独山。敌仍退回湾沚、青阳方向，战事沉寂。津寇仍封锁英法租界。路透社所传消息，对远东各方面局势，英美均取密切联系。倭对英讥笑，企图离间英美两国。中国银行在河内、海防等处设分行，表示在南洋一带打击倭贸易决心。远东商港地，已渐移海防。苏倭渔业问题，倭牒所限日期已过，苏并未答覆。自由党领袖宣称，英如继续放弃国联政策，必难避免战祸，认慕尼黑协定之命运，较凡尔赛和约更短促。陆相倍立厦觐见英皇，英阁内部暗潮尖锐化，少壮派阁员认为，未尽全力扩军，颇有微词，陆相因所提两议，遭首相反对，感无能为力，情势如必要，首相或将改组内阁。一九三五年法、义[意]协定，义[意]方企图废止，法方拒不考虑，认法义[意]争执可根据协定解决，反法空定中，犹不愿开始谈判。驻西英到领事邮袋中，搜出秘密文件，内容有关国民军军事秘密，叛军正与英当局会同调查，表明美洲国家连带关系。泛美会议将发宣言，各国代表认为宣言对世界有益。

十二月二十三日　星期五　气候：晴

今日天色小晴，阳光小射，大有二八姑娘怕见人面也。

……在国家多难的时候，你们却安然的毕业了，这不能不为诸位祝贺。但是同学们，我想要知道关于你们毕业后的出路，你们究竟向那条路走呢？刚才，我已向两位同学说过，他们都是茫然的不知何解。同学们，你们准备怎样呢？可以告诉我一些么？……同学们，你们也为这些事情而苦恼吧？是的，这委实是一个不易解决的问题，先要看你们的环境而定。经济比较充裕的，当然是继续读书，没有疑问。有些人家境不好，要升学就没有那么容易了吧？……同学们，你们也许读过鲁迅的《故乡》吧？他说："希望是本无所谓有，无所谓无的。这正如地上的路，其实地上本没有路，走得人多了，也便成了路。"我又将这路比作你们现在的路，现在的那种路，都是往前的人所走过，所踏过的，这些都是旧的路。据我想，旧的路都是不完整的，也许，是恶劣的。我愿你们去改造和修筑旧的路。假使这路是非常肮脏的，你们可以屏[摒]弃不走，去改一条新的路，去走新的路！去吧！勇敢一些，同学们，去创造吧！——这是我最后的一点愿望，以后我们怕不能再相聚了。

《中学生》第七十六号（二十六年六月号）。《路》——何振业。

报载：英拟进一步行动，除信用贷款外，将维持我币价。近卫昨晚发表声明，措词狂妄绝伦已极。对英美贷款于我事，倭报抨击，看法不同，《国民新闻》一味恫吓，狂论仇英。《日日新闻》忧惧英美，迫倭屈服。《报知新闻》看法，贷款不足为虑。青阳方面雨雪交加，宣城仅有小接触。安庆江面，我机扬威。倭转移国人目光，于东北传伪满境边发生战事。津沪各外人方面，均未有所闻。倭承认增兵东北，为对苏外交上恫吓，东条改组及增强空军，准备对苏作战。齐氏启程返国，亲邀匈外长游义[意]，墨氏代言人加伊达评，匈与德、义[意]之结合日益密切，将退出国联，加入反共公约。英与北欧各国签订海军协定。倭私售股票案，美方派员查办。远东形势日有进步，英外长认采取行动时机已至，英美关切。

十二月二十四日　星期六　气候：阴

昨日下午气候忽变，北风怒吼！甚为寒冷。今日气候少杀，但严寒之气，将不再去，只有愈来愈近了。

祯哥：昨接读致彬哥一函，知悉你在徽里状况，起居失吉。伯父母均康健，甚欣慰！回忆别后不觉两年有余，未能会晤话谈，时相互挂念。近因交通阻梗，信件均难畅通，想来者不能来，去者不能去，无办法可想，唯有附[付]之一叹而解。且家乡生活简陋，吾哥终日在家闷坐，谅个语亦不能畅通，真无消遣解闷之处，令人更加烦恼。现渐入寒冬，更不利于出门行路，唯希吾哥暂为忍耐，俟来春再为设法吧。来信尾注罗瑞霖往温州催货，如再有此机会，可叫伊介绍一熟店，保他[它]日即可由此路来去矣。弟由去冬即过着恐怖、艰苦、逃亡的生活，已详写伯父信中，谅已知悉。现暂休东地，业已数月也，无法可想。彬哥嫂前云，往扬店内，未能实行。洋岸三父因要重盐，已于上月底回盐。回扬店内之说，现已完全打消。近来东店自二伯父母以下，均皆康健，尤其念慈好嬉，会玩会说，即四五岁小孩恐不及伊活泼。一切希望心内定。余再叙。

特上，顺续，止祺。祐弟上——十一•卅日

报载：对近卫狂妄声明书，我外交部最近驳斥，成立伪组织，所谓尊重中国主权者何在？割内蒙为特别区，非变相分割领土而何？要求内地居住及贸易权，一如侵略东北，无意独占中国经济权，系饰词欺人之谈！法与英美态度一致。苏北各港岸，寇设税卡。汪副总裁在滇旧疾复发，赴河内就医，返渝期将稍行展缓。英美贷款给予我国表示支持我抗战决心，为倭意料不及，无异于当头一棒！贷款虽为商业性质，不无政治含义。欧院与行营等设西南经济健信会,孔院长昨对记者谈。南北傀儡与牵线者紧急联席会议在沪举行三日。罗家湾之敌已被我包围。我法币价格已扶摇直上,沪外汇行市,大见放长[涨],实为本年三月以后最高纪录。敌企图在华北予法币以打击,据银行家观察,决[绝]对不可能!对有田声明书之反响,列强报以冷酷的沉默,美更以事实上的行动于寇打击甚深,两种方式迫使有田外交手足无措。渔业谈判僵局无法打开,倭内阁开会讨论应付,苏倭关系日见严重,谈判僵局政治上重要性大于商业,倭海军方面称异常关切,准备尽职。有田谓苏缺诚意,倭须有望强决心,又限期求苏方年前成立临时协定。日本国旗所到之处,雅乐即随之而往。英下院讨论倭运毒情形,认运毒为倭推行国策之具。法内阁以七票之差,生命得以延续。对参加反共公约国家,美渐采取强硬政策,独裁国家图破坏泛美会,美难与妥协,毕德门谈,谓美人不喜德、倭政府,终将依据条约权利修正,伸张公道主[正]义。美内长演说,德表不满抗议,美严辞拒之。

十二月二十五日　星期日　气候:阴

昨日阳光一现,今日又入阴霾之象,似有雾雪,将不再见晴日也。

早餐后,陪鉴弟去霞丰求医(汪明安)诊治,途中见鉴弟夫人在那里采薪。医者云,彼已渐愈,只须舌苔丛生,则无忧也!我忘彼在校不知身体之保[宝]贵,任意运动,大有碍也。

午后,去许村购物,并小荡。

阅昨、前报载,英美贷款我国已成,暴日见之眼红,惧而大骂,近卫发哀鸣,希望和平,但他决不离德、意、日三轴重心,共同防共,为其掩耳盗铃也!我想其离崩溃[近]矣,代其宛[惋]惜!

祯弟:十日前由伯父函中附致一函,谅早收到。二十七日接十二日来书(时间半月,当此交通阻滞,尚不够慢),备悉近况,良慰!思念言及,别后至今,与离散日久,未有如此之长者,友于之爱油然而生,我亦为之黯然,尤惦“向往”两字所可表现也!惟念此全面抗战期中,我全国同胞,父子不相见,兄弟、妻子离散者不一而足,死别大有其人,生离更不算一回事了。我全家由去冬逃亡,幸人口安全,苟安东台,虽历劫未清,后去尚不可知，但过去履险如夷，幸运已极。吾弟今日安居于伯父家中，等于团聚一处，尤胜于无家可归多矣。所以每次来信，总劝吾弟专心忍耐等候将来，至于去冬迁校离山情形，退徽乃先定之计划。当时弟身旁汇款未到，川资未足，不便远行。而赴桂、赴川数千里长途，父母与家人均不愿有此一举，此为顺从父母两志计。吾弟到徽最为上策，况去年之后，方今已成前方，事变正急，祸患不可知。万一邮汇不通，款不济，急处身于举目无亲之地，欲归不得。本身因歧路徘徊，家人更放心不下。以今日情势证明，能在徽，所谓“塞翁失马，安知非福”，盖食宿有着，非仰面求人。一方面修养身心，静俟国事大定后，再为谋学业之结束；一方面排除烦闷，望强体力，留为他[它]日奋斗之地步。国家现在自力更生，人民处于卧薪尝胆之际，尤须自强不息。吾弟是受得高等教育，希望与责任当较一般人为重。至于继续求学，当此功亏一篑之交，不仅弟个人觉到不幸，及父大人与兄等莫不以此为念。但时势所限，非人谋不赋好者。大学课程过后可以补修，惟望对于已读课程不能放弃，将来无论如何，父大人必能成全吾弟之志愿，可勿因此灰心多挂虑，为要，为嘱！所询兄之回扬，累此信中欲归，迄今仍是空言。因每次预备要走，即有扬来之人所谈经过，又为之不敢冒险。吾弟所云均在意料之中，欲归不归，良由于此，不过扬店内放弃一年。家中虽无贵重物品，总属多年缔造者，意良不忍而看门，师娘因日久怨生，究非忠实之人，求人非易加之。东台亦不是能久安者，第二次重到小海时，有可能，问乡间尚无匪患？今日遍地荆棘，举步难行，万一到那时，尚不知如何是好？所以有上说原因，时促回扬之念，但我们虽勉强走了，东店内仍是有人。设何方有事，两地悬之，因此还是团在一起，比较呼应自如。不仅兄等到扬前后之顾虑也，转眼寒冬，途中、家居两均不便，大约回扬是明年事也，望放怀。父大人或许在最近赴沪（去沪途程是由泰州到新港），不拟回扬。因陈伯华等现在沪（时局关系，行止尚未一定），各事须接洽也。来书所云，家乡风俗，非吾人想象之敦厚，谅系未开化所致。吾徽在清季人物大儒辈出，称为文化之邦。民国以来，风俗浇薄，各处迨无古风，此谁地皆然。但十室之内，必有忠信，十步必生芳草，吾弟以客观眼光，不免发生感想。在兄之见，宜弃其所短，学其所长，志之于心，为个人社会学之资料，均不可存不屑之意，宣之于口。徽为桑梓之乡，古人有“敬恭”之语，居乡党间，不可不注意也。母亲大人年来身体本不够佳，却亦并无病痛，夏秋饮食方面不无减少，身体关系一半，忧虑一半。近月来生活稍定，渐复康泰，而精神尚好，勿念。父大人前患牙痛甚剧，现已如常。惟公私琐事特多，不容休息，此为精神痛苦之一种，且不可避免之麻烦。里中时有谣言，大约事实于理想各半，但不知能否无事，此种理想我等亦常常在念。有退步否，东台现状为恒，大致与里中人心理相同，只有度一日是一日耳！三小孩壮适，念慈大活泼可喜，小孩无知天真可掬，不悉人世间有痛苦也。信草书之，不觉六页余。再盼告。顺问近祺！兄荃手书。十一月卅日。

十二月二十六日　星期一　气候：晴

今日天气已放晴了。

昨、今报载：我军已收复麻塘，现在抵岳阳城外。敌唆使伪修改税则，歧视英、美、法货物。倭之阴险毒辣，封锁津、汉口租界后，又图封锁沪租界。对近卫荒谬声明书，英美舆论一致抨击。美对倭态度转趋强硬，倭京极度焦虑，美将单独禁军需输倭，认最后胜利定属我国。王外长未赴河内、香港，港两报误传。十一次渔业谈判又陷僵局。北宁路兵车络绎不绝，苏倭关系日益紧张。倭分集七中同届议会，各党准备做军阀应声虫。波外长抵摩洛哥，将与法进行谈话，德、义[意]外长定期访波，波今后动向堪注意。义[意]片面废弃法义[意]协定，法国表示态度，仍当根据法、义[意]协定，解决一切悬案，英似袒法。美方外交界或传，美、德邦交有断绝可能，美严词拒绝德抗议后，现局势严重，美方消息非必要不采取进一步行动，柏林极不满或当发正式声明书，美内长伊克斯演词之余波，对米美尔问题三国决设法解决。张氏联义[意]期近，义[意]京筹备欢迎，外相随行，事毕即出席国联会。倭人随处被排斥，英北婆罗洲将限制倭人权利，禁水产业、农业、土地租借。

十二月二十七日　星期二　气候：晴

初曦，心中不快，忽思家人，眼中不觉泪坠。

昨晚为鉴弟欲去校大废唇舌。伊已准人之劝告，暂时勿往也。

去许村购物并至祯祥府，告其等不日去呈，可有话讲否？子愚舅母托我将汇票带呈，命觉先去岩寺代取币十元，交我待伊女来取也。

伊府请人洗帐，我亦加入帮晒。

昨、今报载：敌伪军在绥调兵征车，准备进犯大西北。百灵庙敌军大部近[期]开往固阳。巴黎传出消息，倭、苏两军冲突。义[意]片面废止法、义[意]协定后，法覆文经国务会议核准，明后日送达义[意]政府，恢复协定以前原状，法亦备案而已。达氏出巡科西嘉岛与突尼斯时，军事随员随行，含有军事示威性质。倭在华北增加进口税，宣令对英、美，众信系一种报复手段。泛美会议最后一次全体会议，通过里玛宣言，申明美洲连带关系，美洲各国决心通力合作，维护连带关系，相互承认绝对主权，抵抗外交干涉威胁。一国如受威胁，他国即应互询，必要时一国外长可召集会议，下届会议在哥伦比亚。齐亚诺极活跃，又将赴南行猎，系接受南总理之请。赫斯演说，铺陈希氏敲诈成绩，感谢义[意]国援助，勉米美尔德侨效忠元首。美充实海军力量，及龄军舰一律保留。德暂对美争不采进一步举动，各报仍抨击伊克斯毕德门。昨日在纪念周，委座有重要训话，对倭并吞中国，独霸太平洋野心与计划，阐述甚详。近卫发表声明，为倭整个灭亡中国阴谋之总暴露，我必认识并准抗战到底，绝不屈服与妥协之决心。声明汪精卫赴河内纯为私人因病转地疗养，德国广播消息洵属无稽，必系受倭反宣传之影响，外间谣言不可信，敌挑拨是非，颠倒事实，不值一笑。湘边战事占绝对优势，岳阳完全在我控制下。寇首畑俊六调回，由奥村继任，敌赶筑工事，有坚守之模样。青阳战事我转有利。对近卫发表声明书，英美均未加重视。英美援我政策不变。义[意]相代言人发表评论，指法揆巡视都尼斯为挑衅。伪满与倭关东军代表举行联会，讨论苏倭边境增兵，寇军出关络绎不绝。说明外交政策指斥独裁国，美总统定下月三日向国会发表新年词，根据本年国际情势，来年决采强硬态度，反对独裁政治，要求国会拥护政府政策。参议员金氏主对德中止外交商务关系，大西洋将设永久舰队，表示美转趋强硬。倭皇亲出席七四届议会。杀人利器又多了个，英发明新式炸弹。

十二月二十八日　星期三　气候：晴

无聊，看人家捉鱼，伊等真不怕冷也。

敬启者：别后弟即辗转流离，今已飘零至北洋岸矣，怀念故人，无时或释。虽多处探询我兄消息，但毫无获知，惆怅奚如。目前，弟随家叔祖至东台，在通济见到令兄，籍悉我兄于去岁返歙，动定多吉，闻之，无任欣慰。三舍弟文璨刻又服务于屯溪镇，因其人地生疏，用赶奉恳于必要时，务乞关照，如蒙惠诺，则弟不啻事同深受矣！专此，敬请荫祯我兄侍妥。弟吴粹若拜启。十二月一日。

荫祯仁兄大鉴：昔年在晨鸣社中一别，曾亦有记忆否？日前，大家兄来信，籍稔吾兄奇返故乡，如慰。兹有伊函一件，附希发阅。弟自“八一三”事变后，脱离审计处，经友人介绍，参加兵站工作，驰骋四省。转瞬一年，舍间不幸沦陷，江都托庇，尚吉平安。惟弟孤身在外，归途梗阻，每一念及，不觉黯然！兹闻兄近在咫尺，本拟趋晤，奈因本部明日出发赴江西上饶，军行急廹，欲来不可，此后行止当再奉告也。兄近况希见告，籍便联络为荷。此颂，大安！弟吴文璨拜启。十二月二十六日。

报载：三水境内我搜索敌踪，大赤岗敌军逃逸。青阳方面战事又转趋沉寂。岳阳一带敌军向城陵矶方面撤退。英美对倭各提交涉，寇机不断轰炸在华美财产，美向倭提出新抗议，倭允调查，在本周内答覆。驻倭英使至霞关，访会有四，促解决中国境内英商问题。对倭报计划，伦敦《约克厦日报》主废英、倭条约，取消于倭最惠国待遇，倭在英市场均将失势。西班牙战事双方正待胜利，英电称，叛军中现无外国军人。德将任戈倍尔为驻倭大使，保持德在远东贸易权益，加强德、倭合作，应付苏联，倭方作如是宣传。法社会党全国代表大会通过勃鲁姆动议案，要求实施法、苏公约，对各独裁国所行政策，应加以抵抗。党魁勃氏演说，必须尽力保疆土，英法应密切合作，法、苏协定仍有效。比社会党领袖樊迪文逝世，曾任第二国际执委会主席。寇方否认寇军集中满边，承认每隔若干时日，即派瓜代部队至“满”。德探险队将赴拉萨访问，在藏边探险已六月，尚拟前赴西藏各地。中法航程可缩短半日，法试开辟航线，须飞越地中海。苏联停闭米兰[意]领馆。

十二月二十九日　星期四　气候:晴

夜间,忽得一梦,闻父大人回,我至车站接之,前一挑夫肩一皮箱,后父大人随之。瞬忽,父大人已做伪公使——身上有中使副兰——我叫其将领章择去,大衣领翻上,可以不见里面之衣服,后忽醒来。梦为人之心病,日前闻伊等赴扬,口中虽未常提,而心中时刻未忘伊等之行动,不知可有信来否？我甚急于去呈也。

思来虑后,皆为生活问题耳！若不为家产,一些的生活余资,我想伊等涓涓返扬也,劝伊等不去,可是将来之生活,又将安在？算来,我可不能忘却我们的敌人所给我们的痛苦！

报载:赣北寇作试探性之进援,竟用毒瓦斯弹向张公渡轰击。青阳近郊无战事,进犯敌大部转移他处,现前线仅有少数散兵。敌由河津方面增援,夹攻我东禹门据点。扬[州]、六[合]、仪[征]我游击队进击扬州敌伪军,扬属沙头镇已克复,敌向城中败退。英、美各商注意伪组织增加关税。粤汉北段战事昨无变化,我仍在南津港,隔浥湖与岳阳城郊敌对峙中。侵略者又在东菲逞凶,义[意]军侵入法属索玛里兰,法增强亚丁湾防务,法发言人意谓义[意]军在法境内活动非即侵略。倭京电传,敌内阁将改组,近卫拟增强现政府在众院所处地位。驻倭英使访有田,促倭答覆美抗议。詹森即可返华府,格鲁亦将奉召回国。美国会下周开会,讨论改选总统,罗氏是否竞选,尚难判明。总统已同意扩充空军计划。西政府军似受小挫,德、义[意]飞机多架,协助叛军作战。苏倭渔业问题,倭称愿继续谈判,日通讯社传,已得苏联同意。

十二月三十日　星期五　气候:晴

今日为鸦片鬼总报到,每个瘾君子皆被叫往登记,领照。

荫祯鉴:前阅至彬荪信,知你为失学为恨,其实不要如此。求学存乎其人,只要自己不误,自己在家温习熟课,学有功底,待到时机好转,投考就近学校,不难毕业。难在学识不够,限于一格。第一,路远不能去,父母不放心;第二,汇款为难。既不急谋升斗,何必自取麻烦。回忆去年你在牯岭,款汇不通,作多少急。所好能平安到徽,不受经济困难,住在伯父母处,宜不很好,何悔之有？望你安心用功,补学中英文课,切勿妄想,多生烦恼,是为至嘱！我一向为公司疏散存货,办善后,清手续,身在百忙。全家驻东并无安稳把握,家内请人看门,时时要汇钱去安慰人,进款毫无,用款累累。即如扬地田租已两年放弃,且不敢去过问,还有田亩捐要摊上门,心内时时作急,虚火胜,不是耳鸣,即是牙痛,或而大发胃病。所好我有志荣,方觉到何处不舒服,就吃何种药方,一、二帖即愈。如此时年,我们总属平常有准备一家,人口众多,未受经济痛苦。代人做的事如沈如畅,皆想代人完璧归赵,得人好感。做人之道,应该如此,望你们要仿而行之！社会上情形恐难尽意,不如不说矣。全家人口平安,你勿远念。你如短乏零用,望来信,邮局可汇也！父泐。十二月八日。

前(九日)寄祯儿信后,又奉兄十一月廿来信,知近况安适,为慰。并知已接到弟处十月二十七日安信,查此信之后,尚有十一月三日、八日、本月一日,即前九日等信。前月仍有彬荪另信来,由弟处登发信簿者,想均先后入鉴,浩劫年头,惟联彼此常有信,籍知平安而已。去年汇徽未收到二款,前月初已接中行回信,准予退汇入账,已在前月复信中告慰,我兄释念。祯儿住里平安,已告慰乃母矣。乃母告知他者,小孩子很好,壮适[实],嘱他放心！奶妈仍在东,半由小孩子不肯离他,半由路上不敢走。他去冬由牯岭回里,途中经过好不容易,现非求荣誉之时,但期他安心读书,毕业何难之者？腹中无书,趁此埋头看书要紧！另附裁报一段,望祯儿收阅。此书有便,我或由沪买寄,不要另买。看书要有定时,并兼注重运动身体。昆侄一向住东,来回洋岸,在此尚循规,饮食不苦,身体早已复元。弟今年百忧感心,宿疾时发,虽事仍可做,精神上有点痛苦。全眷住东年余,每到节期,均未能安心敬祖宗,冬至将届,现虽筹备,尚不知能敬得成否？目前,东地安请,眷属平安,望勿远念……。十二月十二日。即十月二十一日安信。

报载:南线北路捷音传来,我军克复从化城。对军火通过运赴我国事,缅甸政府发表声明,大批军火过境实无根据,一部分通过为可能之事,缅对此贸易无干涉义务。汪副总裁在赴港转欧途中,陈公博自河内飞抵港,负责方面否认汪已抵港说。敌似有由我左翼企图向青阳进犯。在沭河东北岸剧战,我正式收复郯城。法国外交渐趋积极自由,法驻英代办通知英国，不能对义[意]有所让步，法各方对义[意]殖民地要求一致采取坚决态度，不望英与义[意]商谈本问题，免义[意]相迫英出面斡旋，法在领土问题上作任何让步之提议，绝无讨论余地。法调西菲土著步兵营，开东菲属地增强防务，义[意]否认义[意]军已在法属索玛里兰边境集中。侵略者之野心何时可戢。英报传德激进分子力主向西发展，因经济关系须作再度冒险，似将在莱茵实行大示威，敲诈英、法。但无对苏作战意，英报传英、法速定对苏政策。倭政局动荡不安，加紧压迫大众，将加强内阁，实施《总动员法》全部，敕令六则已通过，定明年初付诸实施。倭相与各方接洽甚忙，传将加强内阁，二众动员与人民阵线领袖同被判罪，和平绝望，环境恶化，证券、公债均惨跌。德科学考察团下月底可抵拉萨，团员多系希特勒黑杉团团员。

十二月三十一日　星期六　气候：阴

今日天气又转入阴霾了。早餐后，偕鉴弟同来呈坎，伊往校中。离此不觉已有半月余，时间不觉过去多快啊！伯父因接桂姊来而去潜口，午后回。

在我离此数日中，接到外间来信，全皆过目，皆一一抄入。相当时日中，惟觉可记者，吴氏昆仲粹若信来，托我照应，以防万一。伊弟在此，真是他乡遇故知了。

下午起，开始整理数日来之日记，无暇作他[它]事。

中华民族在黎明前的黑夜，走尽黑暗的一端，自然谁也不会忘(二十七年)带给我们的收获是：一、在苦难的挣扎中，建下了胜利的基础；二、挨尽被攻击的攻击，一年来奋斗的结果，战事已转捩到我反攻击的时候；三、在战争中锻炼了每个人的意志，伟大的破坏，才有更伟大的建筑；四、国际形势因我英勇的抗战，逐渐好转。送走给我们一切磨练的二十七年，大家记住，光明就在明天！

祯选二十七年《战地》第七四期。

报载：我击退来犯敌军，仍守张公渡北岸，游击队活动益多，敌颇感恐慌。南线方面敌进援环山湾未逞。北甯路为运输寇军，客货车停止六日。寇内阁重要阁员就中国事件举行协议,板垣曾详述陆军方面之态度,敦促近卫断然实行确定方针。墨氏进退维谷,法拒绝调停态度坚决,断绝对义[意]外交关系,义[意]相提出四大要求,拟请英撲调停,劝法接受,英法外交人员不断接触。法声明对义[意]立场,必须由义[意]首先发动,始能缓和现行局势。义须撤退西志愿兵,然俟法始可稍稍让步,英方认英撲赴义[意],仍有讨论法、义[意]关系可能。都尼斯总督匆匆返程,法军今开赴布底港。罗马尼亚外长盖芬尼演说,阐明外交政策,与波、捷、南等国合作,决遵守《巴尔干公约》,与苏维埃持善邻关系。辜负之德国如此,希氏执政后第一次最大叛国案将开审,株连二十人,罪名为图谋刺杀国社党高级人员,希氏是否在被杀之列,未有说明。英伦消息,德决以强力并吞米美尔,英又有举动,或将取消经济谈判。盛传德拟增加犹人财产税。

后　记

数年来,我一直注意徽州文书的收集,2013年10月,一个偶然的机会,在歙县古城的打箍井街凌利辉的古玩店中发现了这本日记。次年我用了近半年的时间,完成了该日记的文字录入与校注,本拟想在2015年抗战胜利七十周年之际出版这本册子,但由于出版经费等原因未能如愿。

2015年9月30日,安徽师范大学的康健博士来访,我将这一心愿告知于他,康博士表示,回去之后将这一情况向安徽省徽学会会长、安徽师范大学原副校长王世华先生汇报。11月29日,"徽商文化与当代价值学术座谈会"在歙县披云山庄召开,会后,我将稿本交给了王世华先生。王先生表示,回去后看了稿本再与我联系。2016年2月,经过王世华先生的多方协调,《徽州记忆·1938——汪荫祯日记》一书由安徽师范大学历史与社会学院资助,安徽师范大学出版社负责出版。

套用一句俗语,谓之"好事多磨"。在此书稿正式出版之际,谨向为本书的顺利出版做出努力与无私帮助的王世华先生、徐斌院长、刘道胜副院长、康健博士及安徽师范大学出版社的诸位领导、孙新文主任、李克非编辑等表示衷心的感谢!

安徽省徽学会副会长、原安徽日报社高级编辑鲍义来老师,安徽省徽学会理事、歙县党史地志办主任胡武林先生为本书写序言,在此谨向两位先生表示深深的谢意!我的夫人邵文琴女士一直支持我的徽学研究,她协助我完成了本书的文字录入工作,由于大部分地方日记记得潦草且字体甚小,需借助放大镜才能看清,一字一句耗费了许多的精力,在此谨向她致以谢意!此外,徽州区档案局局长许振东先生、副局长方有良先生,歙县中学许骥老师先后陪同调研;我的大学同学、合肥第十三中校长张育明先生为本书题写书名,不一一致谢!

出于学术上的考虑,本书对日记原文未作增删,如有冒犯,敬请原谅！书中日记原文的注释以“(　)”表示；个别缺字以“□”表示；原文错讹字的勘误及部分地名简称的补注等以“[]”表示；对日记原文涉及的部分地名、人名及民俗等作了必要的注释，对文中晦涩难懂的字词亦予以注释；为便于阅读，均采用了文后注的方式。

光阴荏苒，此册“汪荫祯日记”的时间已过八十年，由于世事变迁，信息阻梗，虽经多方探寻，仍无法得知汪荫祯是否有后人，其后人是否依然健在？如若汪荫祯仍有后人健在，涉及本书的相关事宜，请与本人联系。

由于本人多年从事行政工作，文史知识匮乏，其中错讹之处在所难免，敬请专家学者批评教正！

邵宝振

二〇一七年三月于古歙十咏斋